文春文庫

東京の下町

吉村 昭
繪・永田 力

文藝春秋

目次

其ノ一　夏祭り　9
其ノ二　黒ヒョウ事件　25
其ノ三　町の映画館　41
其ノ四　火事　57
其ノ五　物売り　73
其ノ六　町の正月　89
其ノ七　町の小説家　105
其ノ八　不衛生な町、そして清掃　121
其ノ九　演芸・大相撲　137

其ノ十　食物あれこれ　153
其ノ十一　町の出来事　169
其ノ十二　ベイゴマ・凧その他　185
其ノ十三　白い御飯　201
其ノ十四　台所・風呂　217
其ノ十五　説教強盗その他　233
其ノ十六　曲りくねった道　249
其ノ十七　捕物とお巡りさん　265
其ノ十八　戦前の面影をたずねて　281
文庫版のためのあとがき　296

東京の下町

其ノ一　夏祭り

二年前、「別冊文藝春秋」に駒田信二さんが「日暮里とニッポリ」という随筆を書いておられるのを読んだ。

中国文学者である駒田さんは、中国での旅を終えて上海から成田までの機内で、持参していた魯迅《ろじん》の「藤野先生」の英訳文を読まれた。その中の、「東京を出てから間もなく、ある駅についた。日暮里と書いてあった。なぜか知らないが、わたしはいまもなお、その名を覚えている」という部分の英訳文に、日暮里をNipporiとしてあるだけでは不十分だとされ、日暮れの里という註記をそえるべきだ、と書かれている。つまり、清国からの留学生であった魯迅が、ただ一人で未知の仙台へ列車で行く途中、日暮里という駅標に、孤独感、寂寞感《せきばくかん》をいだいたことを註記によって知らせなければ、魯迅のその文意を理解できない、というのである。

私は、この随筆を切りぬいて書斎に保存していたのだが、どこにまぎれこんでしまったのか探してみても見当らない。それで、不躾《ぶしつけ》にも駒田さんに電話をし、その随筆を発表したのは「別冊文藝春秋」の何号であるかをおたずねした。駒田さんは、最近出版された随筆集「遠景と近景」（勁草書房刊）にその随筆をおさめてある、と言われ、御親切にも送って下さった。

私がなぜこの随筆に強い関心をいだいたか、と言うと、日暮里町で生れ、そして育ったからである。

日暮里を下町と言うべきかどうか。江戸時代の下町とは、城下町である江戸町の別称で、むろん日暮里はその地域外にある。いわば、江戸町の郊外の在方であり、今流の言葉で言えば場末と言うことになる。

幕末の安政三年に刊行された尾張屋版の江戸切絵図集には、「根岸谷中日暮里豊島邊《としまへん》圖」がおさめられ、明治に入ってから「東京御郭《くるわ》外日暮里豊島邊」と改められている。御郭外、つまり城下町の外という意味である。が、明治以後、東京の市街地は郊外にのび、下町が江戸町という意味もうすれ、日暮里も大ざっぱに下町の一部、と称されるようになった、と言っていいのだろう。

地方を旅行し、生れた町をたずねられて日暮里と答えると、どのように書くのか、と言われる。日暮しの里と文字をつらねてみせると、それで「にっぽり」と読むのか、と不思議そうに首をかしげる人もいる。考えてみれば、たしかにおかしい。

日暮里町は、古くは新堀村と言い、その後、町の高台からの眺めがよいことから、風光を眺めていると「日の暮るるを忘る里」とされ、それによって「日暮しの里」「にっぽり」となったのである。

小さな農村であったが、上野寛永寺の領地であったので税金が安く、その上、谷中《やなか》ショウガに代表される良質の野菜を出荷していたので村民は豊かであった。さらに、多くの寺が日暮里に移ってきて、それぞれ庭園をつくり、それにともなって植木屋がふえ、庭師も多くなって、一層村人の暮しは裕福になった。さらに江戸末期から明治にかけて、景勝の地である日暮里に別荘が好んで建てられ、文人、画人が多く移り住み、隣りの根岸とともに閑静な住宅地へと変貌していった。

その後、明治の中期から日本橋などにある商店の下請をする作業場が、日暮里の北の方に散在するようになり、住宅地兼小工業地にもなり、棟割り長屋もふえていった。

私が生れたのは、住宅と小工場が混在する地で、中学校に入ってからは、根岸に近い住宅地に建てた家に住み、そこで空襲にあい、家を失ったのである。

私が日暮里町で生れ育ったことを知っている編集者から、少年時代の生活を書くように、と何度もすすめられた。が、私は、まだそんな年齢ではなく、それに下町の要素が濃いとは言え、御郭外の日暮里を下町として書くのも気がひけて、そのたびに断ってきた。

しかし、私も五十代の半ばをすぎ、戦前なら故老の末席に入ろうともいう年齢になったことを考え、思い切って筆をとることにしたのである。


町の最大の行事は、高台にある諏方《すわ》神社の祭礼であった。諏訪ではなく諏方で、町の者たちは、お諏方様と呼んでいた。

諏方神社は、国電の日暮里駅から西日暮里駅にむかう左手の高台にあり、車窓からもみえる。太田道灌が社領五石を寄進して日暮里と谷中の総鎮守にした神社で、神主は日暮《ひぐらし》という姓である。小さい神社ながら、神主は、後に明治神宮、日枝《ひえ》神社、東京大神宮、神田明神の神主と同じ高い格についた。

毎年、八月二十六、二十七日に諏方神社の例祭があり、三年に一度、本祭り（大祭）がある。本祭りには、神社の境内にある御輿蔵《みこしぐら》からオミコシが出る。千貫ミコシと言っていたが、むろん千貫もあるわけではない。美麗で、風格のある大きな宮ミコシであった。

かなりの重量なので、白い装束に烏帽子《えぼし》をつけた多くの男たちがかついで進む。町ミコシなどのようにもむことなどできず、静々と進む。いかにも重そうであった。

その宮ミコシは、朝、神社の境内をはなれ、日暮里、谷中の各町内をめぐり、上野の不忍池《しのばずのいけ》近くまでゆく。古くは神田芋洗橋まで行ったというから、氏子が、そのあたりまでいたのである。

夜になると、町会では、麻の裃《かみしも》をきた者たちが高張り提灯《ぢようちん》をかかげて宮ミコシを迎える。提灯の灯に、宮ミコシの鳳凰《ほうおう》の飾りがゆれて、まことに美しく、少年の私は、感動した。

本祭りにそなえて、町会ごとにそろいの浴衣《ゆかた》の柄をきめ、各家では必要なだけの布地を反物で買い、仕立てる。それはかげ祭りにも着て、三年目にやってくる本祭りに、また新しい柄の浴衣をつくる。

お祭りが近くなると、洋品店では祭礼用の白足袋《たび》、小若の半纏《はんてん》、帯、それにつける鈴などが売られ、武者絵のえがかれたマトイ、錫杖《しやくじよう》などを商う車をひいた男が、町々を縫って歩く。祭礼の提灯も軒につらなる。夏休みが終りに近いが、町のそうした雰囲気に、胸をおどらせた。

やがて、町の要所要所に、町会ごとの葭簀《よしず》ばりの御神酒所《おみきしよ》がもうけられる。神棚がつくられ、町会の世話人たちが詰める。むろん、年輩者が多く、御隠居さんといった人たちが、嬉しそうに寄附された金品を半紙に記帳したりしている。

お祭りには、女の子や幼い者が、紅白の綱を手に山車《だし》をひく。山車といっても、大太鼓がのっているだけで、それを少年がたたく。子供たちは、鼻筋にひとはけ白粉《おしろい》をぬっていた。

少年たちは、子供ミコシをかつぐ。それをかつぐことによって、本格的な町ミコシをかつぐ訓練をする、といった趣きがあった。

私は、内気な性格であったので、それをながめているだけであったが、二歳下の弟はいつもそれに加わり、ワッショイ、ワッショイと大人びた顔つきでミコシをもんだりし、時には山車にのって得意げに太鼓の撥《ばち》もふるっていた。

町ミコシは各町会にあって、屈強な若者がかつぐ。

今でも東京の町々には、夏祭りの町ミコシが出る。私の家の近くにある繁華街でも、ミコシと出遭うことがあるが、私は、前方からそれがやってくると、必ず道を引返す。少年時代、親しく眼にした町ミコシとはちがっていて、肌寒くなり、淋しさも感じるからである。

第一に、オミコシに子供などがのっているのが、眼に辛い。オミコシは、御神体をのせた神聖なものである。それだけに、オミコシが練って歩くのを、二階からながめたりしていると、世話人が大きな声で叱った。御神体を見下ろしては罰があたるというわけである。

そうしたオミコシに、子供が尻をつけてのっているのは、オミコシの本来の意味を無視したもので、ただの見せ物、遊びの対象になりさがっているように思え、堪《た》えられないのである。

それに、あの掛声。ソイヤとか、ホイヤ、セーヤなどとやっている。私が、この奇妙な掛声を初めて耳にしたのは、二十年近く前、NHKテレビの依頼で或る下町の著名な神社の祭礼をリポートした時である。

私が呆気《あっけ》にとられていると、年老いた世話人の一人が、

「なんとなくああなってしまいましてね」

と、釈然としない表情をして言った。

その神社のある町は、これこそまぎれもない江戸町——下町で、古くからうけつがれてきたワッショイという掛声を「なんとなく」変えてしまっては困る、と思った。東京屈指のその神社の祭礼で、そのような掛声が使われたので、それが他の町々にもひろがっていったのではないだろうか。

現在も、日暮里では諏方神社の例・大祭がおこなわれ、千貫ミコシの宮ミコシも、幸い空襲で焼失をまぬがれたので、本祭りには町に姿を現わす。

掛声について、宮惣代である田宮喜代蔵さんの意見をきいてみた。田宮家は日暮里の地主で庄屋もやり、喜代蔵さんは九代目で、現在は日暮里駅前で果実店兼喫茶店を経営している。

「私の町では、ワッショイですよ。伝統は守らなくちゃ、どうにもなりません」

田宮さんは、張りのある声で言い、今でも高張り提灯をかかげて宮ミコシをお迎えしている、と言った。

祭りは、人間の知恵によって生れたものである。たかが掛声、と言うかも知れぬが、古くからうけつがれてきたものをくずしてしまえば祭りそのものの意義はうすれる。第一、御先祖様に申訳なく、勝手にいじってはいけないのである。

夏祭りで、今でも忘れがたい情景がある。

道に長い台が出され、そこにブッカキ氷、赤飯、袋菓子をはじめ梨、西瓜などがならべられていた。これらを、通行人が自由に手にして口にすることができる。と言うよりは、お祭りの縁起物として食べる方がいいのである。

当時は、それが当り前のことだと思っていたが、今考えてみると、いかにも悠長で、ほのぼのとした気持になる。祭礼を町全体として祝っていたのだ、ということを感じる。

夏祭りの最大の楽しみは、諏方神社の参道と境内に出る露店であった。それは、日暮里駅上の坂からはじまり、延々と神社までの道の両側にすき間なくならぶ。夕食を早目にすませた後、母からもらった硬貨をにぎりしめ、浴衣姿で出掛けてゆく。駅の石段を多くの人たちとのぼり、跨線橋を渡ってゆくと、露店の明るい灯の列がみえる。

私は、人の流れとともにその灯の中に入ってゆく。コードをひいて電燈をつけている店もあれば、アセチレンガスの光を放っている店もある。さまざまな店があって、つぎにはどのような店があるのか楽しみで、眼をかがやかせて歩く。歩いてゆく人はほとんどが浴衣姿で、子供を肩車にしている男もいる。

蛍売りの男が、蛍の入っている緑色の金網がはられた小さな籠《かご》を客に渡す。つぎの店では、二十日鼠が籠の中で朱色の車をふんで廻している。早い手つきでアメ細工をつくり、中に空気を入れてふくらませている男。

山吹き鉄砲を売っている店には、男の子たちがむらがっている。それは縁日だけでしか売っていないので、私は必ずと言っていいほど買った。鉄砲といえば、針金でつくられたものもあって、ペンチで針金を曲げ、巧みに鉄砲の形にさせてゆく男の手の動きを飽きずにながめた。金魚すくいも、むろん所々に出ている。

食べもの屋の数も多い。ベッコウ飴屋は、煮えた飴を真鍮《しんちゅう》製の型の中に流しこみ、長さを二分の一にした割箸《わりばし》をその上にのせ、固まるとそれらの飴を横木の穴にさして並べる。金槌でたたき割る黒い飴、ミカン飴、タイ焼き、三角の食パンに刷毛《はけ》で黒蜜をぬってくれる蜜パン。

フライも揚げられていて、子供たちは、それをホーローびきの容器にみたしたソースの中に、串をしなわせてひたし、歩きながら食べる。

植物の鬼灯《ほおずき》を売る店もあるが、海草の鬼灯を並べている店は、美しい彩りにみちている。セルロイドの舟の後部に白い薬の結晶をつけた舟が、浅い水槽の中を進む。赤い液の入った試験管の中に小さな人形めいたものが入っていて、管の口にかぶせられたゴム布を押すと、人形が沈下したり、浮き上ったりする。

大きなガラス容器に氷塊がうかび、色のついたミカン水がみたされている。それを飲むと疫痢《えきり》にかかる、とかたく母に禁じられていたが、何度かは飲んだ。歯にしみ入るような冷たさであった。

境内の神楽殿《かぐらでん》では、里かぐらがお囃子《はやし》の音とともに演じられているが、少年の私には、人の体にさえぎられて見えない。社殿では鈴がふられ、お賽銭《さいせん》が投げられた。二日間のお祭りは、夏の終りを告げるものである。それが終ると、町はひっそりとする。

私は、祭礼が終った後、早朝に近所の友だちと諏方神社の境内へ行った。お祭りの名残りを味わいたかったからであった。まだ夏休み中であったから、お祭りの終った翌日か翌々日であったのだろう。

境内はきれいに掃き清められていたが、なんとなくお祭りのにぎわいの余韻がのこされているような気がした。

境内を歩いていた私は、塀ぞいの土の上に一銭銅貨が落ちているのに気づいた。しゃがんでそれを手にした私は、その近くに土の表面からわずかにのぞいている硬貨があるのを眼にし、土をとりのぞいてみた。五銭の白銅貨であった。

私は、その部分の土を手でかいた。驚きというよりは、恐しくなった。秘蔵された宝の山のように思えた。十銭、五銭、一銭の硬貨が、重り合ってうもれているのである。

私は、それらがなぜそこにあるのかを理解することができた。その個所には、かなり大きな露店が出ていたのだろう。客からうけとった金が、なにかの拍子で土の上に落ち、店の者は知らず、それを踏んだ。白銅貨は青くさびついていて、それが何年かの間につぎつぎに落ち、土中に埋れていたことをしめしていた。

私は、友人を呼び、足もとを指さした。友人は興奮し、二人でそれらの硬貨を拾い集め、等分にわけた。神社の石段を走りおりる時、膝がくず折れそうになったのを今でもおぼえている。

家に帰って勉強部屋に入った私は、落着かなかった。祭礼の小遣いは五銭ときめられていたが、その折、拾って分配した金は、五十銭をはるかに越えていた。

その頃、一銭でも路上で拾うと、近くの交番に持って行った。稀にはそのまま受取る巡査もいたが、ほとんどは、よし、などと言って頭をなで、渡してくれた。

そのようなことをしているのに、大金を拾いながら持っていることが大きな罪をおかしているような気がして、恐しくなった。

私は堪《こら》えきれず、母の前に行くと硬貨の山をさし出し、拾った理由を口にした。

母は、

「すぐにお諏方様のお賽銭箱に入れておいで。境内にあったものはお諏方様のもので、それを使ったりすると罰があたる。早く入れておいで……」

と、少し笑いをふくんだ眼をして言った。

私は、その言葉に顔色を変え、家を走り出た。そして、石段を息をはずませて駈け上り、お賽銭箱にそれらを入れ、何度も拝んだ。

それでようやく気持が落着き、家にもどったが、友人のことが心配になった。

私は、かれの家に行くと、路上で遊んでいるかれに、

「罰があたるから、早く返してこいよ」

と、強い口調で言った。

友人は、少し顔色を変えたが、すぐに笑顔になり、迷信、迷信と言った。

二学期の始業式に、友人は欠席し、熱病にかかっていることを知った。私は、やはり神様の罰があたったのだ、と思った。恐怖を感じると同時に、自分が罰にあたらずにすんだことに安堵もした。

友人の親は、境内からお金を拾ってきてその一部を使っていたことを知り、その額も足して諏方神社に持ってゆき、お祓《はら》いをしてもらったことを耳にした。

やがて友人は元気になり、登校した。

最近、かれが二年前に心臓疾患で死亡したことを人づてにきいた。体の大きな、美しい声で唱歌をうたう少年で、家は染物店であった。

其ノ二　黒ヒョウ事件

昨年の秋の夕方、日暮里駅におりた私は、空が茜色《あかね》にそまっているのを眼にし、すっかり忘れていたことを思い起した。少年時代、夕空を渡り鳥の群が列をつくって飛んでゆくのを見上げていたことが、突然のようによみがえったのだ。

雁《かり》がとんでゆく、と、少年の私はその姿をながめながら思った。雁ではないのだろうが、絵物語にある渡り鳥は雁ときまっていて、私は物語中の人物になったような気持でそれらを見送った。渡り鳥は、かなり高い空を、せっせと飛んでゆく。くの字型になっていた列が、弓のような形になり、さらに一直線にもなったりする。群が去ると、また他の群がやってくる。それは、日没ときそい合うように、いつも町の北の方から谷中墓地方向の空へ遠くなっていった。渡り鳥は、秋から冬への季節の移行を告げるものであった。

こうもりのことも、忘れていた。夏の夕方、家並の間の道を歩いてゆくと、おびただしいこうもりが、道の上空をあわただしく往ったり来たりして飛んでいた。戦後、みられなくなった情景だ。

引返してくるこうもりと進むこうもりがぶつかるのではないかと思うが、接近した直前、互いに道をゆずり合うように身をかわす。啼声も交叉《こうさ》していた。

それほど多くのこうもりが、なぜ夕方になると一斉に姿をあらわすのか。夜行性なので、その前の予備運動ででもあるのだろうか。それらのこうもりは、いったいどこに巣をもっていたのか。

一度、路上に落ちてはばたいているこうもりを見たことがある。鼠に翅《はね》がついたような姿が薄気味悪く、体にダニがついているという話もきいていたので、後ずさりして逃げ出した。

夏に最も熱中したのは、トンボ採りだった。

その季節になると、駄菓子屋の店先にトンボ採りの細い竹竿がたばねて立てられるようになる。

一本二銭で、竹竿のたばの中から手ごろな太さと長さのものをえらぶ。根に近い部分をつかんでふり、しない具合をみる。太すぎてはしない方が少く、細すぎては手もとからしなって、どちらも好ましくない。

駄菓子屋では円型のブリキ缶に薄茶色をしたモチを入れて売っていて、割箸を半分に折ったものにからめてくれる。そのモチを竿の先端につけ、竿をゆるやかに回転させせながら下方にのばしてゆく。さらに指に唾液をつけてモチを均等にうすくならし、それで仕上りである。附属品は、ツナギと称する太い竿で、モチ竿を連結させ、高い樹木の枝にとまるトンボを採るのに使う。むろん、捕えたトンボを入れる籠も携行する。

行先は、町の高台に上野公園までひろがっている広大な谷中墓地で、近所の年下の少年に籠をもたせて出掛けてゆく。弟子をともなう猟師といった趣きである。

麦藁《むぎわら》トンボ、塩辛トンボ、赤トンボなどは、歯牙《しが》にもかけない。ねらうのは、ドロという名の鬼ヤンマ、チャンと称するヤンマの雌、銀というヤンマの雄。それに珍種として尾の先端に車状のものがついたオクルマ、青と緑の優美な色と形をしたヘビチ。蟬などは相手にしない。

麦藁トンボなどは水平にとまるが、私たちのねらうトンボは、高い樹の枝などに尾部をたらしてとまっている。体が重いためなのか、いずれにしても、垂直にたれてとまっている姿は、その種属の高貴さをしめしているようにみえた。

トンボは敏感で、異様な気配を少しでも感じると、驚くほどの速さで飛び去る。

そのため身をかがめ、足音をしのばせて樹の下に近づく。弟子の少年は、少しはなれた所にとどめておく。

モチのついた竿を太竿につなぎ、徐々に上方にのばしてゆく。トンボの複眼が少しでも動けば気づかれた証拠で、トンボは逃げる。竿の先端を近づけ、素速くトンボに押しつける。その部分もトンボの背でなければならず、翅にモチをつけてしまっては価値が半減する。

数時間して墓地から日暮里駅の跨線橋をわたり、石段をおりる。それは、山からおりてくる猟師のような気分だ。

或る日の早朝、墓地の参詣道を歩いてゆくと、数人の人が寄りかたまって墓地の中に眼を向けている。近寄ってみると、一郭に藁縄がはられ、白い官服にサーベルをつけた警察官が立っていた。

異様な気配を感じ、人々の視線の方向を見つめると、女物の和服の裾《すそ》から伸びた二本の足がみえた。足が宙にういていた。上半身は、樹葉にさえぎられてみえなかった。

私は、同行の少年と後ずさりし、背をむけると走った。トンボ採りどころではなく、その夏は、垂れた素足が眼の前にちらつき墓地に足をむけることはしなかった。

夏も終りに近づくと、どのような理由からか、町の北から南へヤンマの群が流れるようにつぎからつぎへと飛ぶ。オッナガリと称する交尾したものも多い。それらは改正通り（舗装された大通り）の上を飛んでゆく。

漁師が本マグロの大群に出遭ったようなもので、少年たちは、改正通りにうずくまってツナギ竿をつけたモチ竿を路面近くに伏せ、ヤンマが近づいてくると、一斉に背のびをし竿を高く立てて力のかぎりしなわせる。ヤンマの飛んでゆく方向に、待ちかまえている少年たちのおびただしいモチ竿が波頭のようにもりあがり、ふられる。

横山隆一氏の漫画「フクちゃん」に、この情景を素材にした傑作があった。ヤンマの群が飛んできて、フクちゃんをまじえた少年たちが、ツナギ竿につけた高いモチ竿をふる。漫画の線が波のようにゆれ、ヤンマの姿はみえない。やがて、モチ竿の動きが鎮《しず》まる。フクちゃんたちが、呆れたように幼いキヨちゃんに視線をむけている。キヨちゃんは、ツナギ竿もつけぬ短いモチ竿を手にぽつんと立っているが、そこにヤンマがくっついている。

「フクちゃん」の漫画に登場するほど、それは毎年の晩夏にみられる情景だったが、あのおびただしいヤンマはどこへ行ってしまったのだろうか。

十年ほど前、福井県の常神《つねかみ》半島の根にある遊子海岸の民宿に泊った時、近くの小川で久しぶりにヤンマの雄と雌を見た。ヤンマは、それぞれ流れの上を往ったり来たりしている。それは大きく、逞《たくま》しく、精悍な感じであった。雌の尾部は茶色、雄のそれは明るい青で、いずれも美しい。両側にはられた透明な翅は、陽光にかがやき、艶々《つやつや》とした複眼とともに美術品のようにみえた。

二匹のヤンマは往復運動をくりかえしていたが、急にもつれ合うと、たちまち樹木をこえて飛び去った。

翅の美麗な玉虫は、簞笥《たんす》の中に入れておくと虫よけになると言われていた。クワガタ、甲虫《かぶとむし》などは、夜、家に入ってきて電球に体をぶつけては飛んでいた。せまい庭であったが、蛍が明滅していることもあった。朝露にぬれたカタツムリも、八ツ手の葉の上を動いていた。

とかく過ぎ去った時代を美化する傾向があるが、むろん好ましくないことの方が多い。たしかに、東京の町々にこのような昆虫が多く棲みつき、ことに日暮里町などは谷中墓地をひかえているだけに種類も数も多かったのだろう。が、その反面、蚊や蠅《はえ》の棲家でもあって不衛生であった。

魚屋には蠅取り紙が何本もたれ、店の者は大きな団扇《うちわ》で魚にたかる蠅をたえず追っていた。蠅取り紙は、蚊取り線香とともに薬屋で売っていて、小さな紙筒の上端にのぞく糸を引っぱると、粘着液のぬられた細い油紙が螺旋《らせん》状にのび、それを天井から垂らす。魚屋の蠅取り紙には、蠅が黒くなるほどついていた。

蠅取りデーという行事に近いものがあって、俳句の夏の季語にもなっていた。緑色の金網のはられた蠅たたきで蠅を殺し、それを茶封筒に入れて町会事務所にもってゆくと、なにがしかの景品をくれる。そんなことをしても、蠅はいっこうに減る様子はなかった。

夏の夕方には、蚊柱がところどころに立つ。蚊取り線香がたかれ、蚊帳《かや》が吊られた。裾が藍《あい》ぼかしの白い蚊帳に入ると、気持が落着き、いい気分だった。縁日で買ってきた蛍をその中にはなし、蚊帳にとまった蛍の明滅する光をながめながら眠りにおちることもあった。

古今亭志ん生さんの随筆に、蚊帳を買う話がある。長屋住いをしていた志ん生さんのもとに、蚊帳売りがやってきて、値段を安くしてくれたので、なけなしの金を払って買うが、夜、吊ってみるとまわりだけで天井のない蚊帳だったという。夏の生活に蚊帳は不可欠のもので、朝、それをたたむのもひと仕事であった。

蚤《のみ》も多く、人畜無害という蚤取り粉が、円型のブリキ製の容器に入れられて売ら

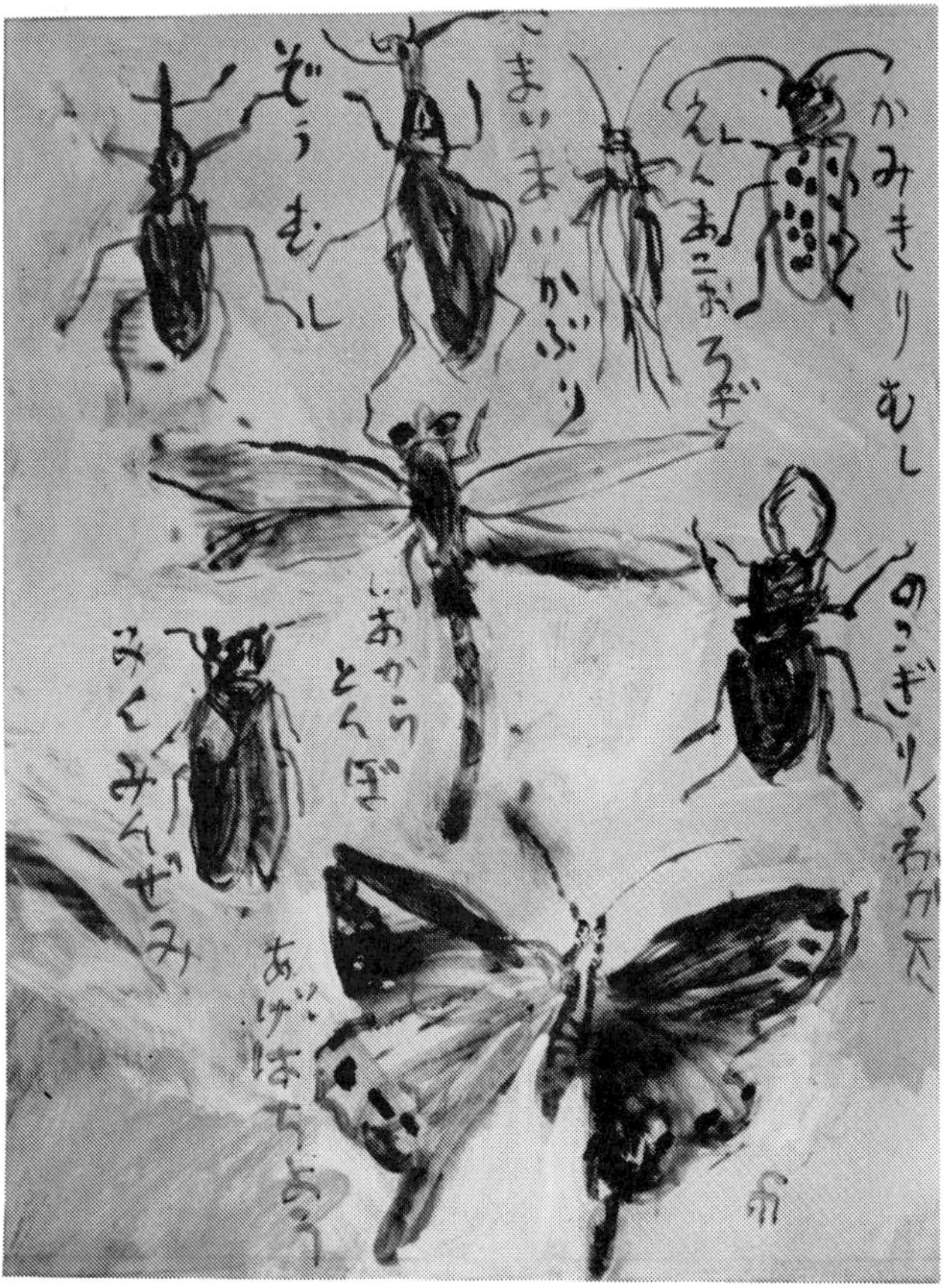

かみきりむし
えんまこおろぎ
まいまいかぶり
ぞうむし
のこぎりくわがた
あかとんぼ
みんみんぜみ
あげはちょう

れていた。上のふたを指で押すと、ぷかぷかと音がしてへこみ、それにつれて容器の横にうがたれた穴から薄茶色の粉がとび出てきて蚤を殺す。畳のふちなどに撒いた。

また南京《なんきん》虫をとるクリークと称する物が、縁日で売られていた。上ぶたのない細長い箱状のもので、内側に滑りやすい黒い紙がはられている。それをふとんの周囲に並べておくと、ふとんに近づこうとする南京虫がこの箱を越える時、すべって中に落ち、出られなくなる。つまりクリークというわけだ。

町の中でみられる動物と言えば、犬、猫以外に牛、馬があった。自動車はめったに通らず、走ってくるのに気づくと、通りすぎた後に立って深呼吸をする。ガソリンの匂いがハイカラな感じで、それを吸う。排気ガスなど人の意識になかった。

トラックも走っていたが、荷車をひいた牛、馬も荷をはこんでいた。牛や馬をひく人が、荷台にのって手綱をつかんでいたが、それは禁じられていて、巡査の姿に気づくと、ひらりととびおり、素知らぬふりをして歩いてゆく。巡査は気づいても見のがしているようだった。

炎天下で、馬が路上に倒れ、人だかりがしている情景を何度か眼にした。荷台には荷が満載されていて、馬は疲れきって倒れたのである。馬車ひきの男が、声をからして馬をひき起そうとする。馬は口から泡をふき、脚をばたつかせるだけで立ち上れない。男に加勢しようと町の男たちが近寄るが、どうすることもできない。バケツに水を入れて持ってゆく女もいた。

私は、馬の姿を見ているのがたえられず、その場をはなれるのが常であった。牛は強靭《きようじん》で、そのような姿をみたことはない。荷の高々とつみ上げられた荷台をひいて、ゆっくりと歩いてゆく。空荷の時には、荷台をひいて走ってゆくこともある。荷の積みおろしをしている間、牛は電柱などに手綱でつながれ、食物を反芻《はんすう》して口をうごかしている。私は、牛の前に立ち、顔を見つめる。牛は私の顔をながめ、大きな眼をゆっくりとしばたたく。時折り舌を出して交互に鼻の孔にすべりこませる。その部分は舌と同じようにいつも濡れている。私は、牛の顔をみるのが好きであった。

動物と言えば、近くに上野動物園があって、小学校一年生の遠足は動物園ときまっていた。谷中墓地をぬけ、上野寛永寺の境内をすぎれば動物園で、一年生が歩くのにちょうどよい距離なのである。キリンが初めてお目みえし、今のパンダブームのような騒ぎになって、名前が公募され、長太郎、高子と名づけられた。私も、何度か見に行った。

その動物園に関してだが、小学生時代、町にパニックに似た大騒動が持ちあがった。動物園の黒ヒョウが、檻《おり》をやぶって逃げ出し、行方知れずになったのである。日華事変がはじまる前だと記憶しているが、正確を期すため上野動物園に電話できいてみると、昭和十一年七月二十五日だという。私が、小学校四年生の時である。

翌二十六日の「東京日日新聞」を探し出してみると、「黒豹脱走　帝都・真夏のスリル！」と題して、社会面のほとんど全面がこの記事と写真でうめられている。英語は、戦時中、敵性語として駆逐されたが、戦前だからスリルなどという英語が新聞にみられるのだ。

その記事によると、七月二十五日午前五時頃、動物園の飼育係が猛獣室の天井鉄格子のすき間から黒ヒョウが脱出しているのに気づいた。古賀忠道園長は、全員を非常招集して捜索したが、十一時になっても発見できず、園外に逃走したことが確実になり、上野署に急報した、とある。

夏休みに入った初めての日曜日で、私の町にもたちまちこの話はひろまった。ラジオでは、しきりに黒ヒョウが獰猛《どうもう》であるので、十分に警戒するようにとくりかえしていた。新聞の記事にも、

「この黒豹は、去る五月シャム（タイ）から帰朝した経済使節安川雄之助氏がお土産にシャムから貰つて来た四尺五寸、年齢六歳の獰猛な牝《めす》で、同月十八日、川崎から陸揚げしてトラックで上野動物園に運んだものである。シャムの奥地のジャングルで捕へたもので、野生そのまゝで船中では鉄棒の檻も破る騒ぎがあり、船員も手がつけられず、わざわざシャム青年の付き添ひで日本まで運んできたものだ」

と、書かれ、また古賀園長の談として、

「黒豹は絶対に人に馴れぬ猛獣で、昼間は暗い木蔭や樹上にかくれ、夜になつて活動する」

とも記されている。

その報をうけた上野、谷中両署から八十名、警視庁から新撰組二個中隊が拳銃を手にして上野公園に駈けつけた。

上野公園に近い私の町では、大騒ぎになった。各町会では、家の戸をかたくとざして外へ出てはならぬ、と告げてまわる。雨戸をたてた風の入らぬ家の中で坐ったり立ったりしていたが、今にも戸をやぶってヒョウの黒い体がとびこんでくるような予感におびえていた。

物々しい警戒の中で、上野の東京府美術館近くのマンホールに黒ヒョウがひそんでいるのを発見、苦心の末、夕方の五時三十三分、据えつけた檻に入れることに成功し、動物園にもどした。

黒ヒョウは、夜行性だというので夜がくるのが恐しかったが、黒ヒョウ捕わるの報せに、外へ出た。路上では近所の人たちが、ほっとしたように話し合っていたが、その日の夕空がひどく美しかったことをおぼえている。

ただ私は、日暮里駅から鶯谷《うぐいすだに》方面にむかう京成電車の高架線のくぼみにひそんでいるのを発見され、捕えられた、と長い間思いこんでいた。捕われる前に流れた噂だったのだろうか。記録小説を書く場合、証言者の記憶ちがいというものにしばしば出遭うが、他人事《ひとごと》ではない。私の場合も、記憶ちがいをしていることに呆れることが多いが、この黒ヒョウ事件も、当時の新聞を読み直して、あらためて記憶というものが不確かなものであるのを感じた。

やがて中国との戦争がはじまり、米、英、蘭三国との大戦争も勃発《ぼつぱつ》した。

戦争が激化した頃、空襲を予想して上野動物園の多くの猛獣が処分されたという話がつたわった。それらの猛獣が空襲下に逃げ出したら大変だ、という説明に、黒ヒョウ騒ぎのことを思い出して、なるほど、と思った。それらは薬殺されたが、象だけは賢く、薬の入ったエサをきらって食べず、劇薬を注射しようとしたが皮が厚く針が折れた。結局、エサをあたえず餓死させたという話を耳にし、やりきれない思いであった。

その頃になると、飼料が欠乏して荷台をひく牛馬の姿をみることは少くなった。犬、猫も日増しにへった。ただ、蝿や蚊は旺盛な繁殖力をしめしていた。蝿取り紙、蝿たたきを売る店はなく、蚊取り線香をみることもできなくなり、鋸屑《おがくず》などを燃やしてその煙を蚊やり代りにしていた。

ヤンマは、晩夏に相変らず町の改正通りの上を、北から南へ群をなして飛んでいた。が、モチ竿をふってそれをとらえようとする少年の姿はなかった。

其ノ三　町の映画館

終戦後、肺結核の手術をうけて退院する時、

「映画監督になりたいと思っているのですが、手術をうけた身ではだめでしょうか」

と、執刀医にたずねた。五本の肋骨を手術で切除されていたので、将来の生き方をきいておきたかった。

「だめですね。映画監督になるには長い間助手をやらなければならず、重労働だからたえられない。田舎に行って豚か鶏でも飼って暮すんですね」

執刀医は、生真面目な表情で答えた。

私は、少年時代から映画監督になることを夢み、旧制高校であった学習院高等科に入ってからもその願いは変らなかった。新進の監督にはなぜか大学の美学科卒の人が多かったので、私も美学科に進み、それから映画会社の入社試験をうけてみよ

う、と考えていた。

医師の言葉に、やはりそうかと思った。病気からぬけ出すことができただけでも幸運というべきで、言われた通り労働をともなわぬ生き方をしなければならぬのだ、と納得するような思いであった。もっとも豚、鶏を飼うことも重労働なのだろうが、その言葉は空気のよい地でのんびり暮すようにという指示としてうけとった。

私が、当時、活動写真といわれていた映画にとりつかれたのは、小学校に入学した頃からだった。

東京の下町は、町の中だけで十分に生活できる機能をそなえていた。買物はすべて町の商店でまかなうことができ、食べ物屋もそば屋、鮨屋《すしや》、天ぷら屋、支那そば屋、洋食屋などなんでもある。

映画を観るにしても、日暮里町には、第一金美館、第三金美館、富士館、日暮里キネマの邦画を主とした四館があり、さらに少し足をのばせば三ノ輪《みわ》にキネマハウス、本郷に本郷座という洋画専門館、入谷《いりや》に入谷金美館などがあった。

映画館の前には幟《のぼり》が立ちならび、現在と同じようにスチール写真がかざられている。二階席は一階席の二倍の料金で、履物をぬぎ、大きな下足札をもらって階段をあがる。椅子席もあるが、絨緞《じゅうたん》やうすべりの敷かれた上に薄手の座ぶとんを置いて坐る席もあった。

窓には黒い幕がたれ、上映がはじまる前にそれらの幕を館の人がしめてまわる。電気は瞬間的に消え、スクリーンに画像がうつる。後年、都心の映画劇場で場内の電光が徐々に消えてゆくのをみた時は、省線電車（国電）のドアが自動開閉するのを初めて眼にした時と同じ驚きをおぼえた。

場内の椅子は背のついた長椅子で、むろん冷暖房はなく、夏には天井からさがった飛行機のプロペラのような大きな扇風機がまわっていた。休憩時間になると、把《とっ》手《て》のついた籐製の台を手にした売店の人が、「エー、オセンにキャラメル」と渋い声で場内を歩く。せんべい、キャラメル、のし烏賊《いか》、単語カードのような形をした酢のにじんだ昆布などを売る。

客席の背後に一段高い枡《ます》席があり、そこには制服、制帽にサーベルをつけた警察官が坐っている。なぜそのような席がもうけられていたのか。映画はすべて政府が上映をゆるしたものばかりで、それを監視する必要などない。もしかすると、人の集る映画館で突然アジ演説でもする者が出るのを取締ろうとしていたのか。

これは考えすぎで、その席は警察官の役得のためであったように思える。町を巡回中、ふと映画をみたくなって無料で入り、その席に坐る。時には居眠りをしている警察官もあった。

映画は一週間交替で、その前日、幟をかついだ老人が割引券を各戸にくばって歩く。大人十銭の入場料が五銭、小人五銭が二銭になる。

それと並行して、糊をみたした缶を手にした男が、契約をしてある家の掲示板に糊を刷毛でぬり、上映される映画のポスターを貼る。ポスターの下方の右隅に三角に切りとられる部分があって、それを持って映画館にゆくと無料で入れる。ポスターを貼らせてくれる家への謝礼の意味である。

活動写真を観はじめた頃は、むろん無声であった。

スクリーンのはられた舞台の前が楽隊席になっていて、緑色の笠のついたスタンドの前にヴァイオリン、三味線をひく蝶ネクタイをした男たちが坐り、笛を吹き太鼓をうつ男もいる。場内が暗くなると舞台の左手にもうけられたボックスに弁士が立ち、口演する。川のシーン、雪の降る情景には大太鼓がゆるやかに打たれ、名月と人の死には笛が吹かれる。なぜか洋画の場合、主役の男の名はジミーかトム、悪役はロバート、女はメリーであった。

町には、競輪用自転車のようにハンドルの低い自転車に乗った男が、映画のフィルムを入れた平たい缶を太いゴム紐で荷台にくくりつけ、背をまるめて走っていた。

映画館から映画館へフィルムを運ぶ男だ。その到着がおくれて上映ができず、客の中には入口まで出て行って待ち、

「来た、来た」

などと言って、客席にもどってきたりした。

小学生が一人で映画館に入ることは禁じられていたが、物に憑《つ》かれたように欲望をおさえきれず、道をうかがい小走りに入りこむ。むろんそれが知れれば、母に激しく叱られる。夢中になって映画を観、夕方近くになったと思って急いで館を出ると、外はすっかり暗くなっていて狼狽《ろうばい》する。家にもどると、一家そろって夕食をとっている。私は勝手口からひそかに家の中に入り、そのまま顔を青ざめさせて立っていた。

私には、一つの困った癖とでもいうべきものがあった。映画を観た日の夜、必ずうなされるのである。夢遊病者のように起きて外へ出てゆこうとしたり、激しく泣いたりする。それだけ映画からうけた刺激が強かったのだろう。

私がうなされると、母は、

「また活動をみたね」

と、言う。その場で叱られることはなかったが、翌日、物差しで激しくたたかれ

るのが常であった。活動屋の子になれ、というのが母の口癖であった。

母が公然と許してくれたのは、小学校の校庭で大きなスクリーンをはって上映される衛生映画であった。その名のいわれは、伝染病予防の衛生の考え方を普及する目的のためだったのだろうが、それに類した短篇、ニュースと劇映画が上映された。主として夏休み中で、浴衣姿に団扇を手にして観た。

その劇映画は啓蒙的なものばかりで興味はうすく、母の怒りを覚悟で映画館通いをつづけた。

無声映画は、やがてトーキーへと移ってゆく。オールトーキーと麗々しく銘うたれた映画が上映されるようになり、一部だけ有声のものもあった。男の役者がしゃべっている画面なのに、女のセリフがきこえるひどいものもあった。私の知るかぎり、日暮里町の映画館で上映されるものがすべてトーキーになってからも、浅草の大都劇場で上映される映画は無声で、太平洋戦争がはじまる頃までつづいていたと記憶している。

私が映画に熱中していた頃、どのようなものが上映されていたか、現在、出版されている映画史関係の本を繰ってみたが、私の知りたい映画は全くと言っていいほどない。それらの書物には、いわゆる芸術性の高いと評価されたものばかりがのっていて、阿部九州男、琴糸路、杉山昌三九、海江田譲二らが出演していた大都映画などは一作もない。

これも無理からぬことで、当時制作された映画の本数はきわめて多く、芸術性の高い映画を紹介するだけで精一杯であるにちがいない。が、少年であった私たちを大いに興奮させた映画や俳優の痕跡すらのこされていないのは、淋しい。

もっともこれらの書物に記されている名画に感動はしている。初めていい映画だと思ったのは「故郷」という作品で、その名を見出してなつかしかった。それは昭和十二年の東宝作品だから、私が十歳の時だ。主演は夏川静江で、その兄が坂東簑《みの》助《すけ》となっている。私は丸山定夫だと長い間思いこんできただけに意外で、いまだに信じきれないでいる。

何度か繰返し観た映画も多い。「阿部一族」は東宝と前進座の提携による昭和十三年度の傑作、「小島の春」は昭和十五年の東宝作品で菅井一郎の演技のすご味は今でも眼にやきついている。「五人の斥候兵」は日活多摩川で作られた土の匂いのする名品で、その兵の一人を演じた長尾敏之助氏とは、十年ほど前から植物を介して親しくしているのも不思議な縁である。中隊長を演じた小杉勇の名演技は忘れられない。

丹下左膳
大河内傳次郎主演

伊藤大輔監督・大河内伝次郎主演の「侍ニッポン」が昭和六年制作とあるが、私が四歳ということになり、十歳ごろにみた記憶があるので、これも信じがたい。主題歌が好きで、中学校に入ってからクラス会でよく歌った。

前進座とＰＣＬの提携になる「戦国群盗伝」、内田吐夢監督の「鳥居強右衛門《すねえもん》」なども強く印象にのこっている。殊に日活多摩川作品には傑作が多かった。

これらは映画史上に記録されている作品だが、私たち少年が理屈ぬきで胸をおどらせていたのは別種の映画であった。作品名など記憶になく、どのような筋であったかも忘れている。おぼえているのは俳優と、たえず上映されるそれらの映画を熱心に観たことだけである。

剣戟映画の主役には大河内伝次郎、市川右太衛門、阪東妻三郎、嵐寛寿郎らがいたが、それよりも私の関心をひいていたのは羅門光三郎《みつさぶろう》、沢村国太郎、沢田清らであった。沢村国太郎は色白で口にふくみ綿をしたような容貌、沢田清は優男《やさおとこ》でそれぞれ人気があったが、私が最も好きであったのは羅門光三郎であった。

殺陣《たて》がうまく、かれが画面に出てくるだけで大満足であった。善人が危険に瀕し、そこに羅門光三郎が駈けつけるシーンでは、観客の間から拍手がおこり、「早く、早く」という声もかかる。現場についたかれが悪人たちをつぎつぎに斬り倒すと、拍手はさらにたかまり、私も手をたたいた。

それらの映画は、必ずハッピーエンドになっている。最後は、例外なく善人の男女の旅立ちのシーンである。杖を手にした女が頭をさげ、男は笠をふる。筋の上から言って旅に出る必然性はないのだが、ともかく旅に出る。そのシーンは映画が終りますという合図のようなもので、観客たちは席を立ち出口の方へぞろぞろと歩いてゆく。それ以上は、決してつづくことはないのである。

旅立ちといえば、今の西部劇でもラストは主人公が遠く去ってゆくところで終るものが多い。旅に出させてしまえば、すべてが終って好都合なのだろう。日本でも外国でも同じであることが、なんとなく可笑《おか》しい。

洋画の接吻シーンには、胸がどきどきした。日本映画には皆無で、それだけに珍しくもあった。

ジョエル・マックリー主演の「大平原」は数回みたが、そこにも接吻シーンがあった。その映画が面白かったので、貴家《きか》昭而という中学校の同級生を誘って映画館に入った。筋は頭に入っていて、いよいよ接吻シーンが近づいた。私は、貴家と一緒にそのシーンをみるのが恥しく、手洗いに行く、と偽って扉の外に出て、頃合いをみはからってもどった。別のシーンになっていて、私はかれの顔をうかがったが、これと言った表情はうかんでいなかった。かれは、中学校を卒業後、第二高等学校、千葉医大をへて、現在千葉県館山市で産婦人科医院を開いているが、その時、故意に私が席をはずしたことは知るはずがない。

高勢実乗《たかせみのる》というドタバタ喜劇にさかんに出演していた役者がいたが、「旅役者」という映画の演技には驚いた。まじめな演技で旅役者の座長を演じ、これがいかにもうらぶれた一座の長らしく、その見事さに感心した。馬の脚をやるのが藤原釜足と柳谷寛で、これも哀感がにじみ出ていた。

ハヤブサヒデト、中野英治らの活劇俳優も好きだった。

悦ちゃんという少女俳優がいて、私たち少年には大評判であった。愛くるしく明朗で、悦ちゃんシリーズとして映画がつぎつぎに上映され、いずれも満員だった。その悦ちゃんに、私は幸運にも出遭ったことがある。

私が小学校六年生の年の日曜日で、なぜそんなことを記憶しているかと言うと、中学受験の模擬試験で会場への道をたどっていた折の出来事だったからである。

道の前方から赤いベレー帽、ブルーの上衣、白いソックス姿の少女が、品のよい和服をきた小柄な母親らしい人と歩いてくるのが見えた。一見して少女が悦ちゃんであるのに気づき、体が熱く、足が宙にういているような感じであった。悦ちゃんは薄化粧し、にこやかにえくぼのある頬をゆるめていた。悦ちゃんは、たしかに私にも眼をむけ、かたわらを過ぎていった。

私は興奮し、翌日、学校に行くと友人たちにこのことを得意になって話した。かれらは素直にそれを信じ、私に何度も同じことを話すようようながした。

悦ちゃんは、突然のように映画のスクリーンから消え、その後の消息も絶えている。華やかだった少女時代の短い一時期をへて、その後はどのような生き方をしているのだろう。かたわらを過ぎていった悦ちゃんの明るい眼を思うと、平穏な一市民として生きているように思える。

原節子を電車の中で見たこともある。たぐい稀な清楚な美しさをもつ女優と言われていた彼女だが、少年の私にはそうとは思えなかった。スクリーンでみるかぎり肌は決して白くはなく、それにパイプオルガンの音色のような不安定な声も好みに合わなかった。つまり関心のない女優であったが、実物の彼女はかなり印象が異っていた。

彼女は吊革をにぎり、顔を伏せぎみにして本を読んでいた。車内の乗客は当然気づいていて視線を走らせるが、それも控え目で、無遠慮に見つめる者などいない。

私は、彼女の肌がすきとおるように白いのに驚いた。化粧をしない素肌だが、気品のある白さで頰がほんのり桃色をしている。女優とは思えぬつつましい知的な感じで、体の線が柔かそうだった。やはり原節子は大人たちの言う通り美しい人なのだ、と思った。

女優の中で最も好きだったのは、霧立のぼるだった。彼女の実物も見たが、それは舞台の上での彼女であった。

正月封切の彼女主演の映画が上映された時、私の町の第一金美館に彼女がやってきたのである。藍色を地とした振袖に花かんざしをつけた彼女が、顔を伏せ加減にしてスクリーンの前の舞台にあらわれ、低い声で挨拶をした。客は赤、白のテープを投げ、二階席の私もテープを思いきり投げたが、舞台にとどくはずはなかった。

妻とのなにげない会話で、妻の小学校時代の親しいクラスメートが霧立のぼるの妹さんであることを知って驚いた。友人は歯科医夫人になっていて、今でもクラス会などで会っているという。

「おれは、熱狂してテープを投げたんだ」

と言うと、妻は、

「馬嶋（友人の姓）さんのお姉さんは小学校の運動会にも来て応援していたけれど、

西洋人形みたいで、こんなきれいな人がいるかと思ったわ。かなり前に亡くなった
そうよ」
　と、答えた。

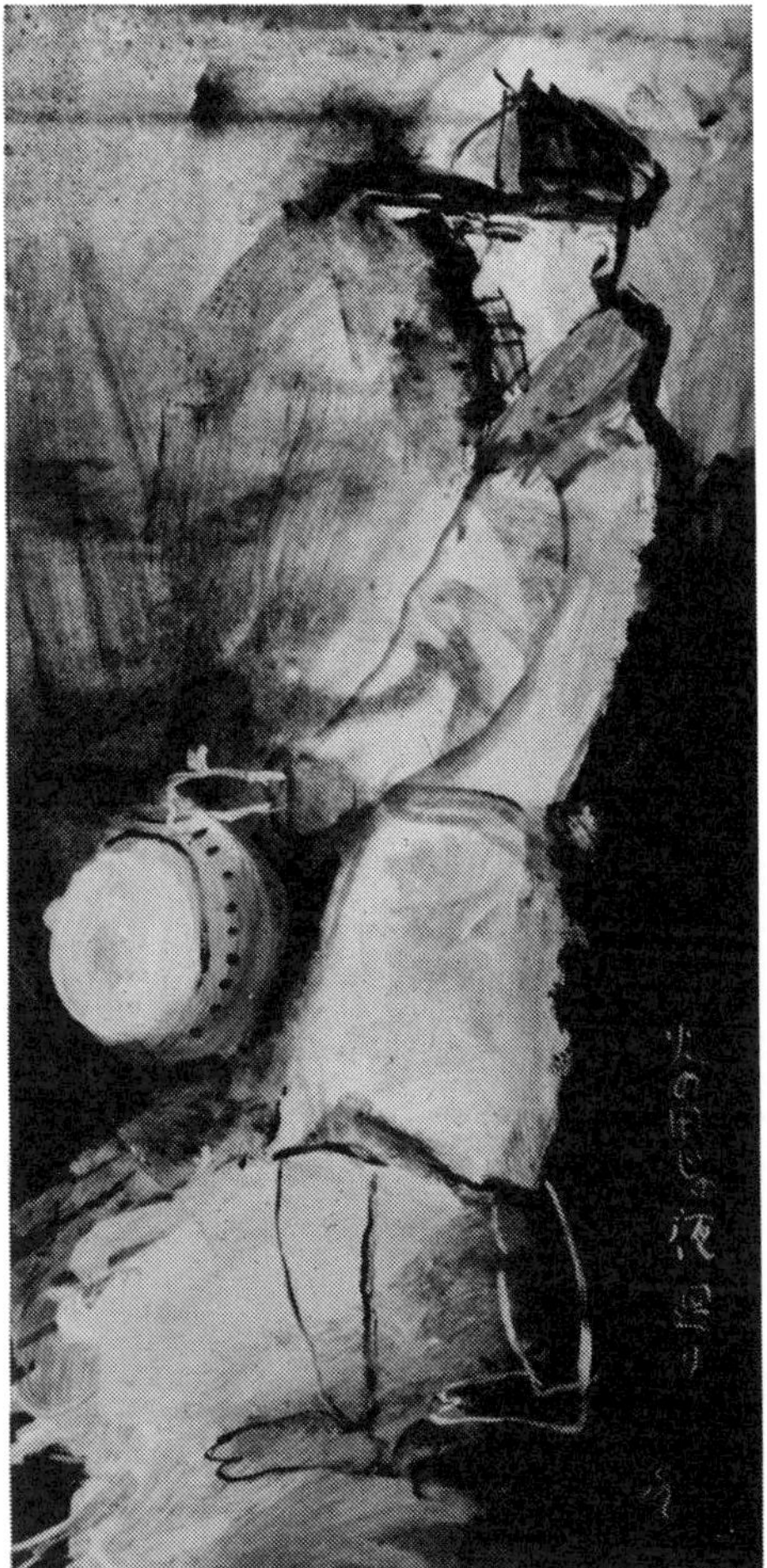

其ノ四　火事

小学校に入って間もない頃、深夜、ふとんの中で低い太鼓の音をきいた。家の前の道を夜廻りの男が太鼓をうち、

「ただ今の火事は、本郷×丁目××方――」

と言って、遠ざかってゆく。

今とはちがって、東京の冬は寒かった。流し台、井戸ばたをはじめ道の水たまりにも氷がはり、雨戸が凍りついてひらかない時もあった。その夜もひどく寒く、私は、ふとんの中に身をちぢめて太鼓の音と男の長々と尾をひく澄んだ声をきいていた。夜道は冷えきっていて、空に氷のかけらのような星が散っているにちがいない、と想像した。

冬になると、火事をしらせる半鐘の音をしばしば耳にした。消防署には鉄骨でつくられた高い火《ひ》の見櫓《みやぐら》があって、署の前で足をとめた私は、官服、制帽をつけた署

員が、月光で明るんだ夜空を背景に櫓の上を一定の歩度でまわっているのを路上から見上げていたこともある。家並は低く遠い火事まで見ることができ、発見した見張りの署員が、望楼の屋根の庇《ひさし》から吊された小さな鐘を槌で乱打すると、消防車が走り出てゆく。

黒ずんだ紺色の刺子を着た署員が車から半身を乗り出し、手でサイレンのハンドルをまわしてゆく姿が雄々しくみえた。

今から考えると、火事は日常的とも言えるほど多かった。半鐘が鳴り消防車のサイレンの音がすると、自然に体がうごき、外に飛び出す。食事中に箸をおいて玄関から走り出し、帰ってから母にひどく叱られたこともある。

昼間の火事は煙があがり空気がゆらいでいるだけだが、夜の火事は華麗で、長い間、人の体にもまれながらながめた。炎が逆巻き、夜空に炎のかたまりと火の粉がふきあがり、広く散る。

煙が白くなると、

「水が入った」

という声が起る。消防車のホースから放たれていた水が、ようやく火勢をおさえはじめたのである。鎮火するという安心感とともに、これで火事見物も終りか、という不謹慎な失望もおぼえた。

近所に火事があっても、さほど恐しいとは感じなかった。消防署員の消火能力はかなり高く、一、二軒の類焼はあってもそれ以上ひろがることはほとんどない。

私の家でも、小火《ぼや》があった。私が小学校に入る前のことである。

家の西隅に浴室があり、楕円形をした木の浴槽が据えられていた。焚口に薪《まき》を入れて湯をわかす。煙突がついていて、風呂場の屋根の庇《ひさし》のあたりに突き出ていて煙が流れ出る。風呂場に入ると、薪の燃える煙の匂いがただよっていた。

残り火の不始末というのだろう、夜おそく浴室が燃えているのを、家族がいち早く発見した。

母は九男一女の子持ちで、私は八男である。兄のうち二人は幼い頃病死していたが、それでも兄は五人もいて、長男、次男、三男は二十代、四男は十代後半の若者である。こわいもの知らずのかれらは、機敏に動きまわってバケツの水をかけ、道をへだてた父の製綿工場にそなえつけてある消火栓のホースもひき出した。消防車がきた頃には火を消しとめていた。

その火事さわぎの最中、私は、家の廊下に一人で坐っていた。なぜか淋しくて悲しく、静かに泣いていた。兄たちが屋根にあがって甲高《かんだか》い声をかけ合い、瓦をはがして水をかけ、天井から水がしたたり落ちているのも知っていた。家の中には、だれもいなかった。

番頭さん、と呼ばれていた事務をしていた橋本さんという人が勢いよく走りこんできて、荒々しく私を抱き、外に出た。母がすぐ上の姉と弟の肩に手をおいて道に立ち、屋根の上の兄たちを見つめていた。母の前でおろされた私は、和服を着た母の体に顔を押しつけた。

翌日、母と兄たちの間で前夜の私のことについて、諍《いさか》いに近い言葉のやりとりがあった。三番目の兄が、母をなじるようなことを口にしたのがきっかけであった。

母は、私のすぐ上の姉を男の子の中のただ一人の娘であったので可愛がっていた。また私の弟は末ッ子で愛くるしい顔をし活潑であったために、これも可愛がっていた。その姉と弟の間にサンドイッチのハムのようにはさまった私は、ほとんど相手にされず、それは私自身も知っていた。

三番目の兄はそのことにふれ、

「この子だけを家に残して、気づかずにいたなんて可哀想ですよ」

と、気色ばんで言った。

「どこかに逃げたと思っていただけだよ。子供に可愛い、可愛くないの別なんかありはしないよ」

　母は、笑いながら答えた。

　私は、かたわらで黙って坐っていた。

「それにしても、この子は変な子だね」

　長兄が、私に眼をむけ、

「いいか。火事になったら逃げるんだぞ。隆はお前より二つ下なのに、真っ先に家から走り出たじゃないか。わかるな」

と、言った。

　私は、口をつぐんだままかすかにうなずいた。

　家にいると大人しい子であったが、小学校では、体も大きい方であったので相撲をとり、時には喧嘩もした。家に帰ると口数が少くなったのは、多くの兄たちに威圧されるのを感じたことと、たしかに母が姉と弟の間にはさまれた私にほとんど関心を寄せていないことに気づいていて、それが卑屈な思いをいだかせていたのだろう。

　三河島方面に多くのボロ問屋があって、しばしば火事が起った。ボロの中に発火原因になるものがまぎれこんでいるらしく、必ず倉庫から火が出た。民家の火事とちがって規模は大きく、炎が夜空を赤々と染め、火の粉が乱れ合って逆巻く。家から少し距離があるので自転車に乗って見に行ったが、さすがに火勢のすさまじさに恐れをなし、近づくことはしなかった。

根岸の精神病院の火事は、昼間であった。

走って行ってみると、病院の手前の歩道の端に寝巻を着た若い男が坐っていた。顔が青白いことと裸足であることで、病院から逃げてきた患者であるのを知った。縄がはられていてそれ以上は行けず、病院の方に眼を向けたり、坐っている寝巻の男に視線を走らせたりしていた。煙はすでに白くなっていた。

右手の魚屋からゴム長靴をはいた中年の太った男が出てきて患者に近づき、かがみこんでなにか話しかけていたが、患者はおびえきった眼をして言葉も耳に入らないようであった。魚屋の男は道を横切って店に入ると、縁台をかかえてもどり、患者の腕をとって引き起し、縁台に腰をかけさせた。

それを見ていたらしく、赤飯や団子を売る店からエプロンをつけた老女が、大福を手にして出てくると患者に近寄り、声をかけてそれを渡した。

患者は相変らずおびえた眼をし、大福を両掌で持っているだけで食べようとしない。老女は少しはなれて患者をながめ、すでに火勢の鎮まった病院の方に眼を向けたりしている。魚屋の店主らしい男は、患者のかたわらに足をひろげて坐り、煙管《きせる》を出して煙をくゆらせはじめた。

少したつと、病院の方から体の大きな看護婦が来て、患者に気づき腕をとった。患者は、大福を手にしたまま看護婦に連れられて病院の方へもどっていった。

私にはその若い男が精神に異常がある人にはみえず、軽い病いにおかされた人のようにしか思えなかった。


私の家の前の道をへだてて、父の製綿工場があった。寝具や丹前の中に入れる綿を製造していたのである。さらに父は、日暮里駅から田端駅方向（現在では西日暮里駅方向）の地に綿糸紡績工場も持ち、長兄に管理させていた。山手線、京浜線などの線路と常磐《じようばん》電車の線路がわかれている地で、京成電車のガードが近くにあった。

午後になると、それらの工場で仕入れる原棉の輸入問屋の番頭さんたちが家に集ってくる。六畳間と八畳間の間の襖《ふすま》をひらき、その中央に父があぐらをかき、その周囲を十人ほどの問屋の番頭さんたちがとりまいて坐る。

かれらは、新聞紙で筒状にくるんである原棉見本をひろげ、大きな算盤《そろばん》をはじき、父に膝をついて近寄ると他の問屋の者にみられぬように傾けて父に見せる。父がそ

のままうなずくこともあるが、無言で指をのばして珠をはじくこともある。ほとんど毎日つづけられるその情景を、私は居間で膝をかかえて坐り、あきずにながめていた。

棉花は、火薬にも使われることでもあきらかなように可燃性である。そのため製綿工場にも紡績工場にも消火栓が据えられ、消防車と同じ放水力のある太いホースが用意され、所々にドラム缶の用水桶もあって、その上に板を渡してバケツも置かれていた。

火気には日頃から注意し消火訓練もくりかえしていたが、紡績工場に火災が起った。

家の電話のベルが鳴り、受話器をとった番頭さんが父に告げた。すでに遠くで半鐘や消防車のサイレンが重り合うようにきこえていた。父は物干台から屋根にのぼり、私たち家族も物干台に立った。紡績工場の方面に黒い煙がさかんにあがっている。

父は、

「だめだ。丸焼けだ」

と言って屋根からおり、ふとんを押入れから出して頭からかぶった。

酒豪で物に動じぬ豪放な男だと思っていた父が、そのようにふとんの中にもぐりこんでいるのを眼にして、膝がふるえた。

商業学校に通っていた四番目の兄が、紡績工場へ走ってゆき、やがて工場の敷地内にある住宅に長兄と住んでいた祖母を連れてもどってきた。祖母は位牌を手にし、裸足だった。火の手が速く、祖母は、辛うじて位牌を持ち出しただけで履物をはく余裕もなかったのである。

家の前で迎えた母に、兄は、

「これで終りだ。うちはつぶれる」

と、涙ぐんで言った。

その言葉に、私は恐怖をおぼえた。工場が焼けたことで建物、製品、原料、機械その他がすべて消滅し、父は資産を失い、多額の負債も負う。浅草の観音様の参道入口に並んで坐っている乞食の姿が眼の前にうかび、私も母とそのように坐る境遇になるのか、と思った。

祖母は、意外にも顔に笑みをうかべていて、

「つぶれたりはしないよ」

と、兄にくりかえし言っていた。

日が暮れると、工場の女工さんたちが門の中に入ってきた。

玄関から外に出た祖母が、

「怪我人が出なくてなによりだった」

と言い、母は、

「恐しい目に合わせて悪かったね。かんにんしてよ」

と、声をかけた。

女工さんたちは、祖母と母のまわりに集って大声をあげて泣いた。祖母も母も笑顔をみせながら彼女たちを慰め、わびていた。

翌朝の新聞には「日暮里の大火」という見出しのかなり大きな記事がのっていた。工場の敷地が線路の分岐した地にあったので、消防車のホースを常磐電車のレールの下からくぐらせて消火にあたったと書いている記事もあった。

その日、私は、小学校からの帰途、ランドセルを背負ってひそかに火災現場に行った。工場の建物は消えて焼けこげた材木がひろがり、倉庫のあった場所では黒くなった原棉から煙がゆらいでいた。

前日の夜、工場の責任者として警察に留置された長兄をかこんで消防署員や警察官が火元とおぼしき場所に立って、なにか話し合っていた。発火原因は、カードという機械にまかれた棉がなにかの調子で火を発し、それがたちまち工場内にひろがったのである。

私は全く変貌した情景に、四番目の兄が口にした「つぶれる」という言葉を反芻《はんすう》し、放心したように家に通じる道をたどった。

それまで火事を興味深く見物していた私は、火災にあった家族の悲しみがいかに深いものかを知った。それによって経済的にも深刻な打撃をうけることにも気づいた。

「つぶれる」という恐怖は、杞憂《きゆう》であった。父は、荒川放水路を越えた田と畠の多い足立区梅田町に土地を入手して、工場を建て、機械もそろえた。二階建の寄宿舎二棟と棟つづきの社宅もあった。

四番目の兄は、商業学校を卒業し、外交と称する販売員として家業を手伝うようになった。髪をのばして七・三に分け、背広を着て毎朝出掛けてゆく。色白で眼鏡をかけていた。

優しい性格で、死にかけた昆虫などを私が手にしていると、

「苦しがっているのだから、思い切って殺せ」

などと顔をゆがめて言ったりする。音楽が好きで、レコードを買ってきては、そ

の頃出まわりはじめた電蓄にかけてはきいていた。

祖母が七十二歳で病死し、それから間もなく兄が徴兵検査をうけた。ひ弱な体をし、かなり度の強い近視であったので不合格になると予想していたが、第二乙種で合格になった。

やがて兄は入営して、中国大陸へ渡った。私は手紙を出し、母は慰問袋を送り、兄からも軍事郵便の葉書が来た。貧弱な体をした兄を母は案じ、神社へ参詣しては無事を祈願していた。

太平洋戦争のはじまる年の夏、兄の戦死をつたえる中隊長の速達の手紙が来た。左胸部貫通銃創で、即死であった。

その後、兄の戦死の状況がつたえられた。強力な中国軍とクリークをへだてて対《たい》峙《じ》し、決死隊がつのられ、兄は分隊長と二人だけで渡河し、対岸にとりついて軽機関銃で掃射中、分隊長とともに戦死したという。兄は、戦死と同時に一等兵から二階級特進で兵長になった。

少年の私にとって、そのことが不思議に思えた。軽機関銃手は体力のすぐれた兵がえらばれるはずなのに、ひ弱な兄がその任を負っていたことが信じられなかった。気の優しいと言うよりは弱い兄が、すすんで決死隊に志願したことも想像外であった。

四カ月後、兄の遺骨と遺品がもどってきた。遺体は野外で焼かれたらしく骨に小石がはりついていた。遺品の中から眼鏡が出てきた。つるはとれていて、代りにゴム紐がつけられていた。玉は片方がなく、他方の玉を通して照準器を見つめ、機関銃の弾丸を発射していたのか、と思った。

それらの遺品は仏壇の引出しの中へ入れてあったが、空襲で家が焼かれた時に失われた。

紡績工場が焼けた時、近くの京成電車のガードの側壁もこげた。終戦後もこげたままで、なにかの都合《つごう》でその道を通るたびに、ガードを見上げる。そのこげた色に、位牌を手に裸足で歩いてきた祖母の姿と、「つぶれる」と涙ぐんで母に言っていた兄のことが思い出された。

ガードの焼けこげの跡はいつまでも残っていて、十数年前、ようやくそれが消えているのを眼にした。

戦死した兄は、二十三歳であった。

其ノ五　物売り

深夜に眼をさますことがある。再び眠る場合もあるが、そのまま朝を迎えることもある。そんな時は、大病におかされることもなく身を横たえていられるのを幸いだと思い、安らいだ気分で闇の中で眼を開けたり閉じたりしている。

幼い頃は、深夜に眼ざめるのが恐しかった。家の中は寝静まり、自分だけが起きているのが心細くてならない。早く朝にならないかと、ふとんの衿《えり》から顔を出しては天窓をうかがうが、いつまでたってもそこには闇の色がはりついている。

些細《ささい》な音がすると、だれかが家に忍び込んで廊下を近づいてきているのではないかと思ったり、幽霊に類したものが襖《ふすま》のすき間から部屋の中をのぞきこんでいるのではないか、と想像をめぐらせたりしてふとんの中で息をひそませる。夜の深い静寂が無気味であった。

救われた気持になるのは、遠くからかすかに箱車のひかれてくる音を耳にする時であった。まだ天窓は暗いが、牛乳配達の車が町並の間を縫いはじめているのを知ると夜明けが間近いことを感じ、嬉しくなる。

事実、天窓はかすかに青みをおびてきて、やがて箱車が家の前の道にも入ってくる。車は少しの間とまると再び動き、そのたびに牛乳瓶のにぎやかにふれ合う音がして家の前でもとまり、遠ざかってゆく。

その箱車は白いペンキでぬられ、青い文字で両側と後部の扉の部分に耕牧舎と書かれていた。日暮里駅前から根岸にむかう道の左手にあった牛乳屋で、裏手に乳牛を飼う柵をめぐらした牧場と牧舎があり、道に面して二階建の洋館が建っていた。その建物の中でしぼった乳を殺菌して瓶づめにし、箱車に入れて町の家々にくばる。牛乳瓶は現在の牛乳瓶より細身で、ふたは針金の止め金のついた陶器製のものであった。

高田卓郎氏という郷土史家の「音無川べりの史蹟」に、耕牧舎は芥川龍之介の生家と関係があると書かれている。龍之介の父新原敏三は、明治十五年に隣町の中根岸以外に新宿、八王子にも牧場をもつ東京の五指の一つに数えられる牛乳屋を経営していたが、大資本の製菓会社の牛乳業界への進出で経営不振におちいり、大正末期に廃業した。耕牧舎は新原牛乳の流れをくんでいるという。

現在でも地方に行くと味噌、醬油を製造販売している店があるが、戦前までは東京の町々にも乳牛を飼っている牛乳屋があった。それ相応の資本力をもつハイカラな会社と言った趣きがあった。

牛乳屋の箱車に前後して、新聞配達の男が家並の間を縫ってゆく。肩からかけた白い帯状の布に新聞紙の束をはさみ、路上を走りながら新聞を家に投げこんだり戸のすき間からさしこむ。新聞を四つ折りにして指でしごき、「リュリュー ッ」というい小気味よい音をさせる。「リュリューッ」がきこえると、家に新聞が入れられたことを知る。

私も「リュリューッ」をやってみたくて、夕刊を配達する男と一緒に走ってその指の動きを見つめた。二つ折りの新聞をさらに四つ折りにし、親指と人さし指の腹ではさんでしごくと、「リュリューッ」という音が起る。その指のあて方をまねてやってみたが、何度くりかえしてもその爽快《そうかい》な音はせず、年季のいる特技なのだ、と思い知った。

豆腐屋の朝も早い。真鍮製のラッパというよりも笛というにふさわしい細身のものを口にあてて吹いてくるが、その音色が「トッフィー」とも「トーフィ」ともきこえる。松竹映画の名脇役であった三井弘次に顔も体つきもよく似た豆腐屋が人気があって、紺の半纏《はんてん》、股引、腹がけに豆しぼりの鉢巻をしめた姿が粋《いき》にみえた。両端に荷台をつるした天秤棒を、体をななめにしてかついで軽い足どりでやってくる。

　呼びとめられると荷台をおろして豆腐をすくい、これも真鍮製の大きな角ばった庖丁で、客の求めに応じて奴や賽《さい》の目に切る。むろん油揚げ、がんもどきも素木の荷台の引出しに入っていて、荷台の縁も止め鋲も磨きぬかれた真鍮であった。

　その頃には納豆屋もくる。坊主頭の苦学生と言われていた若い男で、藁づとを割って赤塗りの箸で納豆を出し、客の渡した小鉢などに入れてヘラでカラシを添え、青のりをふりかける。無口で淋しそうな眼をした青年だった。

　その時刻には、すでに家の者は一人残らず起きている。牛乳屋の箱車が家の前を通る頃、台所では家事をする女たちの立ち働く気配がし、台所の外にある井戸のポンプを押す音がしきりにきこえ、やがて雨戸が繰られてゆく。

　朝食は六時少しすぎで、副食物はせいぜい納豆ぐらいで、味噌汁にお新香で家族そろってすます。友人たちの家より朝食の時間が早かったのは、商家であったからである。

　道をへだてた父の製綿工場の始業時間は七時で、時報のようにその時刻になると、正確に機械のうごく音がつたわってくる。

或る朝、その時刻にふとんをかぶって眠っていた兄の一人に、父が驚くほど荒々しい怒声を浴びせた。

父は、こんな趣旨のことを言った。従業員を父は工場の人と言っていたが、お前たちが学校に行き日々生活できるのはだれのおかげか、工場の人が働いてくれているからだ。工場の人が七時に機械をまわすには、少くとも五時半に起き、六時には家を出ている。その妻はさらに早く起きて夫の弁当をつくり食事をさせて送り出す。それなのにお前は……というわけである。

そうした事情で朝食が早く、父も必ず居間に姿をみせていたが、ほとんど食卓にはつかず、長火鉢の前に坐って梅干しに茶だけですませていた。大酒飲みで待合遊びのはげしかった父は夜も遅いことが多く、朝起きるのは辛く食欲もなかったのだろう。水に濡らしたタオルを頭に巻いていることもあった。

私たちが仕事先や学校に出かけて行くと、父は、すぐにふとんに再びもぐりこんで正午近くまで眠ることもしばしばだった。それを私たちも知っていたが、父親というものはそれでよいのだ、と思っていた。

父の生家は、静岡県の九代つづく商家であったが、祖父の死後、父は放蕩《ほうとう》の味をおぼえ、番頭の着服などもあって家は没落した。父は十八歳で東京に出て酒、煙草、女遊びを断って働き、ようやく小企業ながら事業経営をする身になっていた。製綿工場の老いた工場長は、共に苦労してきた職人で、それだけにかれも働いている時刻に寝ている子供が腹立たしかったのだろう。

父は、「売家と唐様《からよう》で書く三代目」という古川柳が好きで、家で酒が入ったりすると、食事をする私たちに講釈をした。初代は苦労して家を興すが、二代目はその苦労を知ってはいるが早くもその豊かさになれる。三代目になると豊かさが当然のことと考えて働くことをせず、文字を唐様に巧みに書くのができるだけで家も手放すようになるのだ、と言う。

専制君主である父の言葉なので、私たちは神妙にきいていた。

小学校から帰ると、外に遊びに出る。

子供の一日の小遣いは、一銭か二銭で、他所《よそ》から移ってきた或る男の子が十銭ももらっているのを知って驚いた。その子の父は株相場で失敗して逃げてきたという噂がもっぱらで、小さな借家にひっそりと住んでいたが、いつの間にかその家からも姿を消した。

私は二銭もらっていたが、医者、弁護士や会社勤めの家の子は小遣いなしの場合が多く、家からあたえられる洋菓子などを手にして淋しそうであった。母も私と弟に小遣いをあたえたくなかったようだが、父は、商家の子供なのだから金の使い方を教えるのも大切だと言って、母の反対に耳をかさなかった。

一銭銅貨二枚をどのように使うかは、その日の大問題であった。

割引券を手にひそかに映画館へもぐりこめばすべて消え、それ以外の日も多くの誘惑を前に欲望とたたかった。私の気持を強くひきつけるものが、次々と眼の前にあらわれるのである。

紙芝居は三十歳前後の男と五十歳代の男の二人が子供たちの人気の的であった。細い棒に人間や動物の絵をきりぬいたものをつけて、それを動かす紙芝居も来たが、時代おくれに感じられて観る子供は少かった。

紙芝居屋は自転車でやってきて、赤川という床屋の横の空地にとめる。一銭出すと半分に切った割箸に色つきの水飴《みずあめ》をつけて渡してくれる。二本の箸で勢いよく飴をこねると、なぜかわからぬが白く変色し、最も白いものを突き出した子供に景品をくれたり翌日の無料観覧券ともいうべきものを渡してくれる。お金を払わぬものはタダ見と言われ、遠くの電信柱のあたりから遠慮しながら見なければならなかった。

定斎屋
創業萬治二年
大阪屋
元祖
大
定斎
創業萬治二年
十六世大阪屋

紙芝居の男は、すたれた活動写真の弁士あがりであるだけに話術は巧みであった。三十歳前後の男は面長で、いつもオレンジやブルーの絹マフラーを首にまき、もっぱら黄金バットなどの活劇を口演する。五十歳前後の男の紙芝居屋は、ママ母にいじめられる少女を主人公にした悲劇にかぎられていた。ママ母は必ず黒い羽織に眼鏡をかけ、指には大きなダイヤモンドの指輪をはめている。父親は大島の着物に口髭をはやし、白髪頭のじいやがひそかに少女をいたわる味方、といった組み合わせである。

服装も人物も筋立てもほとんどきまっていて、悲しいシーンになると、男が手まわしの蓄音機でいつも同じレコードをかけた。後に知ったことだが、シューマン作曲の「トロイメライ」で、その頃は紙芝居用の音楽と思いこんでいた。

鈴をならしておでん屋が屋台車をひいてくる。味噌おでん屋は、ゆでた串つきのチクワブやコンニャクをフキンに軽くたたきつけて水気をとり、銅壺《どうこ》のようなものに入れた湯でとかしてある味噌の中に沈めて、渡してくれる。

糝粉《しんこ》細工屋は夏なら日かげ、冬なら陽のあたる所に坐って、色とりどりの練り米粉を日本鋏《ばさみ》の刃先で巧みに刻みつけたり切ったりしてさまざまなものを作る。一般的なものは、共同水道の蛇口の下に洗い物の入った盥《たらい》を模したもので、盥の上にキナ粉をかけ黒蜜を落してくれる。

鳥などの形にふくらませて彩色する飴細工屋は、糝粉細工屋とちがって立ったまま細工をし、所々穴のあいている横木に出来上ったものをさして並べる。

食べ物屋と言えば、シューマイ屋もやってきた。コック帽をかぶり白い衣服を身につけて、青、白の縞《しま》の入った屋根つきの白く塗った車をひいてやってくる。湯気の立ちのぼる蒸籠《せいろ》のふたをとり、舟形の経木の上に青エンドウ豆ののったシューマイ二個をのせてくれる。適当にソースをかけ、爪楊枝で食べる。家で副食物として食べるものより比較にならぬほどうまく感じられた。

おでんでもシューマイでも、戸外で食べるとひどくうまい。それらを家に入って口にしても、別の食べ物のように変哲もない味になる。戸外で食べてうまく感じるのは、風があたるせいなのだ、と真剣に思ったりした。

ベッコウ飴屋といっても縁日で売られている箸につけられた飴ではない。板状になった飴である。

飴屋の男が、真鍮の板の上に煮えた飴を流してうすくひきのばす。それはすぐに固くなるが、軟いうちに角型の真鍮の型をその上に素速く押してゆく。将棋盤の枡目のような線が縦横にでき、その長方形の枡目の中にさまざまな型絵がうき出る。

最も単純なのは丸印で、ついで星、犬、兎、家、舟、象などがある。

男は枡目にしたがって切りはなし、小型の花札のようになった飴板を三角形の新聞紙の袋に入れてくれる。その飴板の裏側をなめると、型絵がはずれる。最も複雑な絵は象で、長い鼻が細いので、その部分が必ずと言っていいほど折れてしまう。鼻がついたままの完全な象の絵型がはずれると、大きな飴板の賞品を渡してくれる。

私は、それが面白く、飴屋がくると一銭銅貨をためらうことなく男に渡した。

食べ物だけではなく、子供の興味をそそるお伽《とぎ》の車と名づけられたものも稀にはやってきた。幌つきのお伽の電車の客車に似たようなものが長いリヤカーにのせられていて、一銭銅貨を渡してそれに乗る。座席が向い合ってつくられていて、そこに坐ると、男が改正通りをひいて歩く。

私は、ゆられながら家並をながめ、ひどく贅沢《ぜいたく》な気分になったが、登山帽をかぶり車をひいてゆく男の丸い背がわびしくも感じられた。

季節季節にやってくる物売りもある。

梅雨近くになると、青梅を盛った大きな笊《ざる》を天秤棒でかついだ男が、

「ツケンメー、ツケンメー」

と、甲高い声をあげて歩く。漬け梅のことで、ほとんどの家で赤ジソの葉を使っ

て梅干しをつくった。ツケンメー屋は、家並の間を往《ゆ》き交《か》い、町にはその呼び声がみちる。笊にもられた青い梅の鮮やかな色をみると、夏が近いのを感じた。

夏季に入ると、さまざまな物売りの声が炎天のもとできこえる。

風鈴《ふうりん》屋は屋根つきの車をゆっくりとひいてくる。色とりどりのガラス製の風鈴がつるされていて涼やかな音をさせ、車がとまると子供がむらがり家から女も出てくる。風鈴屋は菅笠《すげがさ》をかぶり、小箱に腰をおろして煙管《きせる》をくわえる。悠長に歩き、悠長に売る。

金魚屋もくる。和金、琉金、目高などがそれぞれ大きな金魚玉と称されたガラス容器の中に入っていて、車のゆれるにつれて金魚も水とともにゆれている。その頃は、なぜか出目金が好評で、大きなものも錦鯉などなく緋鯉《ひごい》だった。

夏の花としては朝顔で、朝、家並の間を歩いてゆくと、両側のどの家の前にも蔓《つる》のまきついた朝顔の花がひらいていた。むろん行灯《あんどん》作りの朝顔の鉢を車の台にのせた朝顔売りもくる。

虫売りも車をひいてやってくる。スイッチョ、鈴虫、松虫、ガチャガチャと称された轡虫《くつわむし》などが二匹ずつ家を模した小さな竹籠に入っている。これを買うと、早速、キュウリを輪切りにして入れ、軒先や庭の樹の枝につるした。その他団扇《うちわ》売り、廻り燈籠売りなども姿をあらわし、時には竹製の縁台を売る商人も道をすぎた。

夕方になると、豆腐屋のラッパがきこえ、日が没する。夜にはチャルメラの音がして支那そば屋が屋台車をひき、子供たちは浴衣姿で花火をする。

縁日がしばしばあって足をむける。下駄で歩きまわって家に帰ると足がほてり、蚊帳の中に入ってふとんに横になっても、なかなか眠りにつけなかった。

お盆入りの日には、おがらを男が売って歩く。母はそれを買い、夕方、軒下でホーロクの上でおがらを焼く。迎え火がどこの家の軒下でも燃えていた。

大人のための物売りは、年中、町に姿をみせる。

羅宇屋は水蒸気を汽笛のような音をさせてふき出し、男が煙管のきざみ煙草をつめる受け口や吸い口をつけかえたりしている。羅宇屋の器具は何度みても珍しく、小さな蒸気機関車のように思えた。

毒消し売りは、

「ドクケシャいらんかね」

と言って売り歩き、熊の胆《い》売りは熊の皮を背負って無言で歩いてくるので恐しかった。

頭を角刈りにし紺の半纏、腹がけ、股引、足袋に草履《ぞうり》といういでたちで、声も立

てず天秤棒でつるした小簞笥《こだんす》の引出しの手を鳴らして歩く定斎屋《じょさいや》がなにを売ってい
るのか、私にはわからなかった。なんとなく威厳があって、思わず道をあけて見送
った。
　大関若嶋津が土俵上で塩をとりに行く足どりをみるたびに、定斎屋の一歩一歩区
切りをつけるように歩いてゆく姿を思い出す。

其ノ六　町の正月

私のふるさとは日暮里町ということになるが、一般に言われるふるさとという概念とはかなり相違があるようだ。

家内もどういう星のめぐり合わせか私と同じように小説を書いているが、ふるさとは福井市である。小学校四年を終了して東京の目白に移住し、その後は東京暮しである。数年前、招待をうけて家内と福井県内を旅行したが、その折の、県の人の家内と私に対する扱いに大きな差があるのを知り、あらためてふるさとというものについて考えさせられた。

まず宿泊する旅館に行って眼にしたのは、津村節子様御一行と書かれている玄関脇の黒い木札の白い文字であった。津村節子とは家内のペンネームで、一行と言ったところでその他には私だけしかいない。

部屋に入って茶を飲んでいると、郷土出身作家の紹介記事を書くということで県内紙の記者がやってきた。質問はむろん家内のみにむけられ、私は茶を飲みながらそのやりとりをきいていた。

取材が終って記者がカメラを取り出し、家内にレンズをむけたが、

「そこにいますとレンズに入ってしまうので、どいていただけませんか」

と言って、私に席をはずすよう手を何度か動かした。

私は這いながら急いで広縁に行き、籐椅子に坐って家内がフラッシュを浴びているのをながめていた。

翌日、観光地を案内してくれる人が来て、私たちは旅館を出ると名所旧蹟をまわって歩いた。案内してくれる人は、もっぱら家内に説明し、私にはほとんど顔をむけない。家内は先祖が飛脚であったのではないかと疑いたくなるほど足が速く、私は小走りに後から追ってゆく。私も説明をききたいので自然と首をのばしながらついていったが、なんとなくイギリス王室のエジンバラ公も楽じゃないのだろうな、と思った。

ふるさととは言っても、日暮里町に行ったところでどうということもない。空襲で町が焼きはらわれ戦前に住んでいた人たちも散ってしまっているので、顔見知りの人はほとんどいず、ただ一人、歩いてゆく私に声をかけてくれるのは、次兄の家

の近くにある煙草屋の娘さんだけだ。娘さんと言っても四十歳近い人だが、

「この間、新聞に本の広告が出ていたのを見たわよ」

などと言う。それでつい立ち寄り、煙草を買ったりする。家内のふるさととは大ちがいである。

福井での旅から帰って間もなく、日暮里町の兄の家に家内と行った。近所の男の人が来ていて、私も何度か会っているので私が小説を書く人間であることは知っている。

嫂《あによめ》が家内を男の人に紹介し、家内も小説を書いている、と告げた。

「なんというペンネームで……」

男は、興味深そうに家内にたずねた。

家内は困惑したように笑いながら黙り、嫂が替って答えた。男は、そうですか、とかすかにうなずいたが、その顔にはあきらかにそんな名は知らぬという表情がうかび出ていた。

私は、おれにもふるさとがある、福井の仇を江戸でとった、と、溜飲《りゅういん》のさがる思いであった。

先日、日暮里町に行って小学校時代の友人である浅岡政男君の家に行き、同級生だった坂根順二、土方昭治両君を呼び出し、久しぶりに酒を酌《く》み合った。浅岡君は自動車修理販売業、坂根君は経営コンサルタント、土方君は浅草吉原の電話局長である。

自然に小学校時代の思い出話になったが、

「あの頃一番楽しかったのはなにかなあ」

私がたずねると、土方君が、

「それは正月さ」

と言い、他の二人も同意した。

たしかに正月は楽しかった。「もう幾つ寝るとお正月」という童謡は、まさしく少年であった私の実感でもあった。

十二月二十五日は二学期終了の日で、教室の床や廊下を雑巾がけして家に帰る。翌日からは冬休みで、その頃には師走の町はざわつき、そのざわつきに正月が近いことを感じて胸がときめいた。

小学校に入学する前、根岸にあった神愛幼稚園に二年間通った。その名でもわかる通りキリスト教会附属の幼稚園で、歳末にミサがありクリスマスの集《つど》いがある。

初めて「きよしこの夜」の歌をきいた時、なんという美しく澄んだ歌があるのだろう、と感動し、自分が白馬にひかれた車に乗って星座のきらめく夜空をゆっくり進んでいるような気がした。クリスマスのプレゼントの希望を女の先生に申し出る習わしがあって、私は、町の駄菓子屋などでは売っていない黄色い飛行機凧《だこ》を贈ってもらい、師走の空に揚げた。

歳末に入ると、腰に麻紐の束をたらした男たちが鳶《とび》の頭に連れられてやってきて、玄関の前に門松を立てる。軒から軒へ葉のついた青竹も立て、紙の四手のついた細い藁縄を張り渡す。大人たちはせわしなく歩き、商店は正月用品を買う人でにぎわった。

父の経営する工場では十二月三十日が仕事納めで、工場の清掃をし、一部の人は臼《うす》で餅つきをする。母も頭を手拭でおおいエプロンをつけて蒸籠《せいろ》のかたわらについている。あがった餅に黄粉、餡《あん》をつけ、私も工場の人にまじって食べた。夕方、工場の人たちはそれぞれ賞与袋を懐に餅を手にして帰ってゆく。その日から工場は無人になり、モーターのまわる音も絶えてひっそりする。

玄関に隣接する事務所には、伊勢えび、昆布の飾りのついた大きな鏡餅がかざられ、神棚に注連縄《しめなわ》が張られる。工場名を記した提灯と番傘も壁に整然とつらなってかけられている。町の玩具店には羽子板、凧、双六《すごろく》、カルタが売られていた。

床屋は、二十五日頃から頭を刈ってもらう子供たちでごった返していた。正月には頭髪をきちんと刈っていなければならぬというので、親に命じられて床屋へ行くのである。

歳末近くまで仕事をしている人が多く、それらの人たちが三十日頃から床屋に押しかけ、子供の姿は皆無になる。大人たちも長時間順番のくるのを辛抱強く待っている。大晦日《おおみそか》には、それが最高潮に達する。現在では紅白歌合戦がはじまる頃になると客も絶えるというが、当時は深夜になっても客の数はへらない。床屋の職人たちは正月元旦の朝の陽光が町の家並にひろがるまでバリカン、剃刀《かみそり》を休みなく動かしつづけた。

髪結《かみゆ》いはさらにすさまじく、正月に結いたての髪に晴着を、とねがう女たちが、髪結いの家に集り、中にはおセチ料理をつくり終えてから行く者もいる。元旦の朝まで仕事をすると、今度は初詣の女客がつぎつぎにやってきて、髪結いの女たちが仕事の手をとめるのは正午すぎになるのが常であった。

私の家も床屋、髪結いとほとんど変らぬ忙しさであった。その頃は卸《おろ》した商品の代金決済の大半が歳末におこなわれる習慣があって、集金がその時期に集中する。

綿糸紡績工場関係の支払い、集金は取引先が会社組織なので早めにすむが、製綿工場関係はそうはゆかない。ふとんわた、丹前用わた、青梅わたなどを卸している寝具店を兄たちをふくむ事務所の人たちが一軒ずつまわって、売掛け金を集める。それは十二月二十日頃からはじまって事務所の人は自転車に黒い鞄《かばん》をつけて走りまわり、大晦日には家が戦場のような騒ぎになる。

夜に入ると、母は家事手伝いの人たちと大きな鍋に汁粉をつくる。集金をする人が寒風に頬を赤くして帰ってくると、番頭さんがそれを記録整理し、その間に集金人たちは焼餅の入った汁粉を口にし、再び夜の町にあわただしく出てゆく。近くのそば屋から高々とつみかさねた年越しのもりそばがとどけられ、それも食べる。むろん私は十一時前に寝るが、最後の集金人が帰ってくるのは夜が明けた頃であった。

元旦の朝起きてみると、両親をはじめ兄たちや家事手伝いの人たちは疲れきって眠っている。私は、前夜、母が枕もとに置いてくれた他所行きの学童服をひそかに着て戸の鍵をあけ、家を出ると日章旗の旗竿が立てられている小学校の校門をくぐる。

私たちは校庭に整列し、新年を祝う校長先生の訓話をきき、紅白の落雁《らくがん》の菓子をもらって帰宅する。途中、銭湯の朝湯に入った男が、ふやけたような顔をしてすれ

羽根つき
独楽回し

ちがう。今のように多種多様な菓子などない頃だったが、その菓子はうまくもなんともなかった。

家に帰っても母と家事手伝いの人以外はまだ眠っている。そのうちに風呂の湯が沸き、父につづいて起きてきた兄たちが湯に入る。湯につかって湯気でくもった窓ガラスを見上げたりしていると、いかにも正月だという感じがしていい気分であった。

入浴後、兄たちがそれぞれ身なりをととのえて顔をそろえ、両親に手をついて新年の挨拶をし、食卓につく。雑煮《ぞうに》は鶏肉などでダシをとった醬油味のもので、大根、人蔘《にんじん》、里芋に三ツ葉を添え、焼いた角餅を入れる。雑煮もおせち料理も、今と少しも変りはない。

ようやく私の家に正月らしい空気がひろがり、両親や兄たちが私と弟にお年玉をくれる。十銭、二十銭がほとんどだが、三番目の兄だけは硬貨のふちに刻みのついているギザと称された五十銭銀貨をくれるのが常で、私と弟は大喜びであった。

和服を着せてもらい、新しい下駄をはいて外に出る。路上では晴着を着た女の子や娘たちが羽根つきをし、男の子たちは鉄ゴマをまわし、細竹の先につけられた麻縄で円筒形の木ゴマをたたいてまわしたりしている。

華やいだ家並の間をぬけ、高台にある町の氏神様の諏方神社に初詣をする。境内には露店がならび、セルロイド製の鯛、打出の小槌、小判、宝船などのついた繭玉《まゆだま》を売ったりしている。父は、浅草へ行き観音様にお参りするのを習わしにしていた。

町にもどると、いつもは前掛をつけて働いている米屋、八百屋の主人や鉢巻をしてゴム長靴をはいていた魚屋の主人などが、羽織、袴《はかま》をつけ、新しい着物を着た小僧を連れて、別人のような取りすました顔で年始まわりに歩いている。私の家の事務所のカウンターには名刺受けがおかれ、その人たちはそこに屋号を記した手拭などを置いてゆく。

初詣からもどってきた父は、やってくる年始客たちと居間で酒を飲み、私たちは近所の子供と離れの部屋で双六、カルタ、蜜柑《みかん》釣り、銭まわしなどに興じる。その頃には日が没し、あっという間に一日が終る。夜、眠るのが惜しくてならなかった。

翌朝、事務所の人や工場の人が姿をあらわし、新年の挨拶をかわす。事務所の前には、荷台に初荷と染められた小さな幟《のぼり》を立てたトラック、荷馬車、大八車がならび、荷が高々と積みこまれる。それらが旗をひるがえしながら去ると祝酒が出され、やがてお開きになって帰ってゆく。

正月気分を満喫しようと町の中を歩きまわる。映画館はどこも超満員で、入りきれぬ人が長い列をつくっている。そば屋、支那そば屋、ミルクホール、鰻屋《うなぎや》、天ぷら屋なども席がとれぬほど客が入っている。上野、浅草の盛り場へも行ったが、歩けぬほどの雑沓であった。

正月三日になると、今日で正月が終るのかと淋しい気持になる。夕方になり電燈がともると、悲哀感に似たものが胸にひろがる。「面白うてやがて悲しき鵜舟かな」という句を後に知った時、正月三日の夜、眼を閉じる折のうら悲しい気持を思い起した。

翌日は工場の仕事初めで、朝、定時に機械のモーターの始動する音がつたわってくる。正月は去り、通常の生活がはじまったのだ。

七日に七草粥《ななくさがゆ》を食べ、翌日は学校の三学期の始業式で登校する。十日頃、飾ってあるひびの入った鏡餅を割って焼き汁粉をつくって食べるが、それが正月の名残りであった。

松がとれた後の楽しみは、軒からはずされた青竹を遊びの道具に利用することであった。

一般的には、手頃な太さなので竹馬をつくる。竹馬に乗れぬ少年はなく、竹馬に乗って二本の竹の上端を音を立ててこすり合わせるのをカツ（鰹）ブシ削りと言い、一方の竹馬を鉄砲のようにかついで片方だけではねて進むのを兵隊さんと呼んだ。弟は、ふみ台を高くするのが好きで、脚の長い竹馬で歩き、塀の上に腰をおろしたりして得意そうであった。

青竹の利用法は他にもあった。一メートルほどの長さの竹筒と二十センチ足らずの竹筒をつくり、短い筒に太い鉄線をとりつけ、長い筒の節をくりぬいてさしこめるようにする。いわば竹の刀で、それをふりまわしてチャンバラごっこをした。竹を縦割りにして、長いヘラのようなものをつくる。先端を火であぶって曲げ、小型のスキー状にし、それを安下駄の歯に釘でうちつけて雪の上をすべる。蜜柑箱の下にとりつけて橇《そり》にもした。

戦争がはじまると、それらの正月行事とそれにともなう事柄は年ごとに影をひそめ、正月元旦に特別配給される少量の粗悪な餅で具の乏しい雑煮をつくって口にするだけになった。むろん門松、青竹の飾りなどなく、町はひっそりとし、わずかに路上でモンペ姿の女や国民服を着た男が、低い声で新年の挨拶をかわしていた。

終戦の前年の大晦日に近い夜、私は弟と二人で床屋探しをした。行きつけの床屋の主人は出征して閉店し、燈火管制下の町の中を歩きまわったが、電燈を黒い布でおおった数少くなった床屋は、どこも外まで客が立っているほど混んでいて、どうにもならない。私は十七歳、弟は十五歳で共に中学生であった。

やむなく町をはなれ、根岸から下谷をへて上野近くまで行き、ようやく客が数人しか待っていない床屋を見つけて入った。家に帰ったのは深夜で、わびしい正月だったが頭髪を刈ったことに満足感をおぼえていた。

大晦日の夜は敵機の飛来があり、警戒警報解除後、夜明けに近い頃になってから学生服、制帽にマントを羽織り、下駄をはいて家を出た。すでに餅の特配などもなくなっていて正月らしさを感じさせるものは何一つとなく、せめて初詣ぐらいはしたいと思ったのである。寒気のきびしい夜であった。

真っ暗な家並の間の道を縫ってゆくと、せまい露地から親子連れらしい人たちがオーバーやコートを着て出てきて、道を歩いてゆく。私は、道の前方や後方にも人が歩いているのに気づいた。

露地からつぎつぎに人が出てきて、駅の方向にむかい、黙々と跨線橋への石段をのぼってゆく。私は、かれらが初詣をするため諏方神社にむかっているのを知った。

闇に近い参拝道には人の群がつづいていた。かれらは背を丸めて歩いていた。

戦争がはじまる頃までは篝火《かがりび》が火の粉を散らしながらいくつも焚かれていた境内

も、真っ暗であった。その中を人々が石段をのぼり社殿の鈴を鳴らす。私もかれらにならって鈴を鳴らし柏手をうった。帰途についた頃には夜が明けはじめた。

その年の春、町は夜間空襲で一部をのぞき焼きはらわれ、私の家と工場も灰になった。諏方神社も御輿蔵《みこしぐら》をのぞいて焼失したことを、後になって知った。

其ノ七　町の小説家

ッペケペーぶし
権利幸福きらいな人に
自由湯をば
のませたい
オッペケペ
オッペケペッポー
ペッポーポー
自由の童子
川上音次郎
夫人は貞奴

戦災で生家が焼ける前、家の鴨居《かもい》に横長の額がかけられていた。母は、

「御近所に住む偉い画描きさんの書かれたものだ」

と、額を見上げながら言った。

太い文字が書かれ、それがどのような意味であるか少年の私にわかるはずもなかったが、中村不折と署名されていたことだけは記憶にある。明治年間にフランスに遊学し、帰国後、太平洋画会を創設した洋画壇の重鎮であった。書にも手を染め、かなり多くの書を書いたらしく、その後、所々で眼にしたが、私の家にあったものもその一つであった。

私は、母の言葉で中村不折という著名な画家が近くに住んでいることに気づいたが、どのような画を描く人なのか知りたいとも思わなかった。

町には何人かの小説家が住んでいるという話を耳にしたことはあったが、私には

興味のないことで、町の人も関心はなかったのではないだろうか。読書をするのは主として学生で、社会に出た人にはほとんど読書の習慣はなかった。

町に秀才と言われた学生がいた。第一高等学校をへて東京帝国大学に入ったが、その学生が縊死《いし》し、町の話題になった。

夕食時に父がそのことにふれ、

「あの学生は小説を読みあさるようになって神経衰弱になり、厭世自殺をしたのだ」

と言って、顔をしかめた。

小説を読むことと自殺とは直接の関係はないはずだが、当時、文学書、哲学書を読むと精神異常をきたすという説があって、商人である父もそれを信じていたのだろう。

私もそんなものかと考え、黙って箸をうごかしていた。

どのような小説家が町のどこに住んでいるのか、私には関心がなかったが、久保田万太郎氏の住んでいた家だけは偶然のことから知った。

久保田氏の句集を読むと、大正十二年九月、関東大震災で浅草三筋町の家を焼かれ、日暮里渡辺町に住んだ、とある。

味すぐるなまり豆腐や秋の風

という句がある。

さらに十五年六月に日暮里町の諏方神社前に転居した。私が知っているのはこの家で、町の氏神である諏方神社の鳥居のかたわらにあった。

この家のことについて氏は、

「崖の上にて、庭広く見晴しきわめてよし」

と、書きとめている。

当時、氏が作った句には、

「毎月二十七日は諏訪（方・吉村註）神社の縁日なり」

として、

買つて来しばかりまはるや走馬燈

朝顔にまつりの注連《しめ》の残りけり

などという句がある。

この家で昭和九年六月まですごし、芝の三田四国町に移っている。

私は昭和二年生れで、少年時代、神社の縁日には必ず足をむけた。鳥居の附近にもむろん露店がすき間なくならんで出ていて、アセチレンガスの匂いがたちこめていた。久保田氏の家の前にも、玄関口をさけて露店が出ていたはずである。久保田氏は、家の窓から縁日をながめ、露店をのぞきながら歩いたにちがいない。少年であった私は、氏の姿を見たかも知れず、そんなことを想像すると不思議な感じがする。

その家が久保田氏の住んでいた家であることを知ったのは、中学四年生の時であった。

私の家の近くに店構えの大きい米屋があって、店主の娘の夫は大学教授で、諏方神社の鳥居のかたわらにあるその家を借りたか買ったかして住んでいた。長男が私より一歳下で、遊び友達であった。

私がその家に遊びに行った時、この家は久保田万太郎という小説家の住んでいた家だ、とかれが言った。

私は、すでに久保田氏の小説、戯曲を読み芝居も観ていたので大いに驚き、あらためて部屋の中を見まわした。しっかりした造りの二階家で、その後、かれの家に行くたびに身のひきしまるのをおぼえた。

句集の解説によると、久保田氏は、隣接した田端町に住む芥川龍之介氏と親しくまじわっていたという。芥川氏が久保田氏の家を訪れるには、田端町から環状線の線路ぞいの崖上の道を歩いてくるか、道灌山の住宅街の中をぬけるか、どちらかである。その附近には著名な画家の石井柏亭氏も住んでいた。

私が幼い頃から知っていた芸術家は、彫刻家の朝倉文夫氏であった。日暮里駅の上の坂をのぼり、谷中せんべいの店の前をすぎて左に折れると、左手に朝倉氏の邸があった。

私は、その邸の前にくると必ず足をとめた。高い塀と鉄製の門があり、その奥に樹木にかこまれた洋館と大きな彫刻がみえる。異様な雰囲気で、どのような人が住んでいるのかと思っていたが、友人から朝倉文夫という彫刻家の邸であることを教えてもらった。中学生になると上野の美術館に行くようになり、そこで展示されている氏の端正な彫刻を見る機会が多かった。邸の前を通るたびに、洋館の中で制作に打ちこんでいる氏の姿を想像した。画家の朝倉摂さんは氏の息女である。

明治大正文学全集を読むようになって、幼い頃から親しんでいた谷中墓地の五重塔が、幸田露伴氏の名作「五重塔」のモデルであることを知って興奮した。氏の作品は何度も読みかえすほど愛読していたが、氏の住んでおられた家が、朝倉氏の家の近くにあることもいつの間にか知った。

昭和三十二年夏、私は新聞記事でその五重塔が焼失したことを知った。焼跡から男女の死体が発見され、心中し放火したことがあきらかになったという。

数日後、私は現場に行ってみた。谷中墓地の象徴とも言える塔が無残な残骸になっていた。心中するにしても、なぜ由緒ある五重塔を巻きぞえにしたのか、とその男女が恨めしく、長い間物悲しい気分で立ちつくしていた。

谷中墓地を遊び場にしていた私は、墓に関心もいだいていた。福地桜痴、上田敏、渋沢栄一、馬場孤蝶、上田萬年《かずとし》、徳川慶喜ら著名人の墓が多いが、私はその名を知らず、毒婦と言われて刑死した高橋お伝、名横綱の常陸山《ひたちやま》谷右衛門、映画にもなった南部藩士相馬大作、新国劇の創始者沢田正二郎、新派の祖川上音二郎などの墓や像などに興味をもち、その前で足をとめてながめた。

先日、墓地内を歩き、広津柳浪氏の墓の隣りに、志賀直哉氏の碑文になる広津和郎氏の墓があるのに気づいた。

小学生時代、小説家のことなど関心がなかった私だが、二人の小説家の名は知っていた。一人は文豪と言われ、もう一人は流行作家で、町内に、そのお妾さんと言われた人の住む家があったのである。

文豪の妾宅がどこにあったか記憶はうすれたが、流行作家のそれは、私が通っていた小学校の近くにあったのでよくおぼえている。物静かな感じの女の人が、二人の幼い娘と住んでいた。ただ、そのような話を耳にしただけのことで、小学生の私は関心もなく、それが事実であったのかどうかあきらかではない。私事を詮索することに興味はなく、たしかめる趣味も持ち合わせていないので、ただ文豪と流行作家と書くにとどめる。

ふり返ってみると、町にはお妾さんの家がかなりあった。隣接の根岸には妾宅が多くあり、町がその延長上にあったからかも知れない。お妾さんと言っても、町の人は特別な眼ではみなかった。

家の近くにもお妾さんの住んでいる家があって、しばしばその前を通った。家には元芸妓であったらしい長身で面長の色白の女の人が住んでいた。小学校に通う二人の少女がいて、母と瓜二つの顔をしていた。

夏の夕方などその家の前を通ると、スダレ越しに母娘と一人の男が食卓をかこんでいるのが見えた。男は、大店《おおだな》の主人と言った感じの、金ぶち眼鏡をかけた頭髪の薄いでっぷり太った五十年輩の男で、女にビールをついでもらって飲んだりしてい

澤田正二郎の月形半平太

る。昼間、二階から三味線の爪びきの音がしていることもあった。

家の近くに嶋田さんという品のいい初老の女の人がいたが、彼女もお妾さんで、旦那の死後、のんびりと一人暮しをしていた。短歌を作り美しい文字を書く人で、私の母のもとにもよく遊びにきていた。嶋田さんの家には、個人の家では珍しく電話があった。

電話と言えば、私の家は商家であったので、電話が事務所と居間に一本ずつあった。番号は八七局四一八一番と二番で、いずれも柱にとりつけられていて、立って話す。地方への長距離電話は、朝申しこんでようやく夜になってつながることも稀ではなかった。

電話が個人住宅にはほとんどないので、近所の人がしばしば借りにくる。長距離電話を申しこんで長い間電話のかたわらに坐って待っていることも多く、母が茶菓を出してもてなしたりしていた。

近所の家の人あての電話がかかってくることも多かった。その度に、私は、母に命じられてその家に走ってゆく。百メートルも二百メートルもへだたった家の場合もあった。

「電話です」

と告げ、その家の人と駈けもどる。

中には、名刺に私の家の電話番号を刷りこみ、(呼)と記してある人もいたが、母は嫌な顔一つせず丁重に応対し、私も当然のことのようにその家に走った。

今とちがって車など持っている家は皆無だった。町医も徒歩で往診し、日暮里駅前の菅井医院の先生だけが人力車に乗っていた。

学校から帰って玄関前に菅井医院の家紋のついた漆塗りの人力車がとまっていると、家族のだれかが病気になったのだな、と思い、静かに家の中に入った。玄関の上りがまちに黒い饅頭笠《まんじゆうがさ》をかたわらに置いたお抱えの車夫が坐り、お茶を飲んだり煙管をくわえたりしていた。

駅前には、いつも人力車がならんで客待ちをしていた。夜になると、提灯の灯がずらりとならんでいて美しかった。雨の日に母の膝の上にかかえられて、駅前から人力車で家に帰ったこともあった。膝には赤い毛布がかけられ、幌の前にたれた窓つきの黒いシートを車夫がボタンでとめた。

私の知るかぎり自家用車を持っていたのは、製紙会社を経営していた母方の叔父だけであった。小型の黒塗りのダットサンで、運転手がつき、それがひどく豪華なものに感じられた。

父の経営する工場では、製品や原料をはこぶための三輪オートバイが何台かあった。ダイハツというオートバイで、運転台はむき出しになっているので、雨や雪の日は運転する者は雨合羽《かっぱ》をつけて走らせていた。そのうちに運転する者のかたわらに同乗者の座席のついたマツダの大型三輪車にかえた。運転台が雨よけの幌でつつまれた新型車で、兄や工場の人たちがそれをとりかこみ、眼をかがやかせてさすったりしていた。

トラック以外は、円タクと称されたタクシーが町を走っていた。ボディーは例外なく黒い色で、シボレーなどの外車がつかわれていた。道路が悪かったので泥がとび散らぬように、タイヤの外側に棕櫚《しゅろ》製の泥よけがとりつけられてある。ドアの外には踏み台がついていた。

方向指示器は赤い灯のつく矢印のアポロと称されたもので、曲り角が近づくと手動でアポロを曲る方向に突き出す。それが故障して窓から手をつき出す者もいた。

タクシーの助手席には、助手が必ず乗っていた。運転手見習いの男で、もっぱら客引きをする。料金メーターなどなく、助手と客との間で料金をきめる。客待ちのタクシーがずらりとならんでいると、客は、助手たちの間を縫うように歩いて、最も安い料金を口にした助手に連れられてその車に乗る。

客の乗る席はゆったりしていた。さらに運転席の背の後ろに二つの座席がはめこまれていて、それを引き出すこともできる。そこは主として子供が坐り、私も弟とそこに腰をおろして、馬車に乗った皇族のように両親と向き合ってゆられていった。

舗装されている道は少く、凸凹のはげしい所が多い。タクシーはくぼみを避けて走るが、市電の走る道に出ると、レールの上にタイヤを巧みにのせる。車のタイヤ間の幅とレール幅が一致していて、車は滑るように走る。快い気分だった。

オートバイも走っていた。メグロ、くろがね、陸王などで、サイドカーには軍人、警察官が帽子の顎紐をかけていかめしい表情で乗っていた。

頭上に爆音が近づいてくると、必ず空を見上げた。戦争がはじまる前は、よく広告飛行機が飛んできた。花粉のように赤、青、黄のビラが機体から流れ散る。

それを眼にすると、私は、他の少年たちとビラの流れを眼で追いながら走る。自転車のペダルをふんで追うこともある。拾ってみれば子供には縁のない薬品その他の広告ビラなのだが、天から降ってきた宝物のように思え、家に持ち帰って勉強部屋の壁にはったりした。

幼い頃、家の廊下で三番目の兄に抱かれてドイツの飛行船ツエッペリン号を見た。記録によると昭和四年八月のことで、私が生れてから二年三カ月しかたっていず、そんな幼い頃のことをよくおぼえている、と不思議に思う。が、私はたしかに黒ずんだ巨大な飛行船が、のっと姿をあらわして空を動いてゆくのを見たし、ラジオから流れるツエッペリン号の通過位置を実況するアナウンサーの声も記憶している。

ツエッペリン号は八月十五日、世界一周飛行を目的にドイツのフリードリッヒ・ハーフェンを出発、四日後の午後四時三十分、東京の北東方面の空に姿をあらわした。千住、上野、神田須田町、銀座上空を六百メートルの高度ですぎ、午後六時三十分に霞ヶ浦飛行場に着陸した。私の家のある日暮里町はその通過コースにあたっていて、私もそれを眼にすることができたのである。

終戦の年から三年後、私は、戦災で焼きはらわれた地に兄が建てた六畳、四畳半、三畳の広さの家で、肺結核におかされた身を横たえていた。腸も結核菌におかされ、粗末な食物を消化する力もうしなっていた。

私は、微熱で涙のにじみ出る眼をしばたたきながら正岡子規の「病牀六尺」を読んでいた。肺結核で死んだ子規の死にいたるまでの経過を記したもので、その一字一句が身にしみ、強い共感をおぼえた。

子規は私にとって身近な俳人だったが、現実には遠い雲のかなたにでも住んでいた人のように感じられていた。しかし、子規がその作品を書き、生涯を閉じた根岸の子規庵は、私が身を横たえていた家から二、三百メートルの地にあった。

私は、そのようなことを全く考えもせず「病牀六尺」を読んでいたのである。

其ノ八　不衛生な町、そして清掃

下町ブームで、下町が美化して語られるきらいがあるのではないだろうか。下町は、その名の通りあくまでもダウンタウンだと思うのだが……。

下町に住んでいた私には、山の手に対する強いあこがれがあった。山の手の町を歩く機会は少かったが、それでも時にはあった。

戦前にも中学校受験をひかえた小学生のための模擬試験が日曜日におこなわれていて、試験場は必ずと言っていいほど山の手にあった。山の手の駅で電車からおり、急いで試験場に行くが、試験がすむと未知の地を探険するような興味でその附近を歩きまわった。下町とちがって道に人の姿はほとんどみられず、森閑としている。大谷石の長い塀のつづく大きな家もあった。

なぜか、同じ造りの家が多い。門を入ると急勾配の屋根をもつ洋風の建物があり、その右手に細長い和風の建物がつづいている。洋風の建物は応接間である。中学校に入ってから山の手に住む友人の家に行ったが、かれの家の造りもそれで、和風の建物の前にはちょっとした庭があり、棚に並ぶ盆栽が明るい陽光を浴びていた。

私の住む町で耳にできる楽器と言えば、三味線、琴、尺八程度だが、山の手の住宅街を歩いていて初めてピアノの音をきいた時には、思わず立ちつくした。洋風の建物の内部からきこえていて、鍵盤に白い指をふれさせているその家の娘が上品で美しいものに想像され、聴きほれた。

模擬試験場には、いかにも山の手育ちといった感じの、ワイシャツの衿をのぞかせカーディガンなどを着た少年たちがきていて、休憩時間に寄り集って明るい声で談笑していた。私は友人もなく一人で、かれらに威圧されるものを感じたが、なんとなくひ弱そうな者が多く、負けてなるものか、とも思った。

私の町では、東の方にゆくにしたがって棟割り長屋が所々にみられた。細い露地の両側に長屋がならび、その中央に手押しポンプの井戸、後にそれは共同水道に代って、木札のついた鍵をさしこみ、ひねると水が蛇口からほとばしり出る。

家々の台所から流れ出る飯粒などのまじった汚水が細い溝をつたわって、露地の中央の溝に流れこむ。溝には長い木ぶたがかぶされていたがそれがない個所もある。

溝には糸みみずの群がゆらいでいた。その水は、ドブに入り、さらに大きなドブ川に流れこむ。

その川でドブさらいが、仕事をしているのを何度かみた。腹のあたりまであるゴム長靴をはいた男が、ドブ川に入って、大きな笊《ざる》で川底の泥をすくう。その中にまじった金属製のものをとり出しては袋に入れる。それが金銭にかわるらしい。さすがに下町でもめったにみられない珍しい商売なので、川のふちには人だかりがし、男は人の視線を意識していくぶん得意気に笊を動かしていた。それらの溝やドブ川から、夏になるとおびただしい蚊が湧いた。

昔はよかったという人がいるが、便所だけを例にとってもそうとは思えない。いずれの家も汲取り便所で、不衛生きわまりない。長い柄杓《ひしやく》で汲み取った糞尿を桶に入れ、天秤棒でかついで牛車にのせる。用便中に突然下方に柄杓が突き出され、あわてて便所の外に出たこともある。それらは近郊の耕作地帯にはこばれ、肥だめに貯えられて畠にまかれた。

むろん下町だけではなく山の手も同様で、銀座を糞尿の入った桶をつんだ牛車が往きかっていた。

食生活もまずしく、栄養がかたよっていたので冬には霜焼け、赤ぎれになるのが常であった。

　戦前の東京は、現在と比較にならぬほど寒く、雪もよく降った。道の水たまりには氷が張り、朝、水道の水が凍って出ない。共同水道などは藁《わら》がまかれ、そこからツララが垂れていた。暖房具と言っても火鉢と炬燵《こたつ》だけで、朝起きると火鉢にかじりついてふるえていた。

　厳冬期になると、子供たちは長い靴下をはく。下部が足袋状になった黒い木綿の長靴下が流行した。連結靴下というものもあって、まず脛の部分をはき、下方についたゴム紐を足裏にかけ、それから短い靴下をはく。今とはちがって木綿の靴下はすぐに穴があき、最もいたむ下の部分だけ取りかえ可能にしたのである。

　小学生は冬でも半ズボンだったが、地方から転校してきた生徒は、長ズボンをはいていた。東京以北の寒い地方からきたので当然のことだが、やがてかれらもいつの間にか半ズボンになった。私は上着の外に白い衿の出ている慶応服というのを着ていた。転校してきた女子生徒には、美しい子が多かった。目鼻立ちがととのい、肌が驚くほど白い。雪国の匂いをそのまま身につけていた。

　耳が霜焼けにかからぬよう、私たちは洋品店で売っていた兎の毛でできた耳あてをつけた。手袋、えり巻きをつけ、ランドセルを背負って学校へ行った。

教室には、石炭ストーブが置かれ、授業中に、先生が石炭を入れたり灰を落したりする。ストーブは生徒がふれて火傷《やけど》をせぬように金網でかこまれていた。そこに弁当箱をのせたり吊したりする。教室の中に食物の匂いがたちこめる。

昼食時になって弁当箱のふたをとると、湯気が立ちのぼり、熱い米飯がうまかった。

雪が降ると雪合戦をし、雪だるまをつくり、雪のおすべり台ですべる。女の子は、糸を上下させて雪釣りをしたり、雪兎などをつくったりした。

竹でスキーをつくったが、お年玉をためて子供用のスキーを百貨店で買ってもらった。日暮里駅の跨線橋に通じる坂道や、輪王寺宮の隠居所のあった御隠殿坂《ごいんでんざか》ですべる。谷中墓地は銀世界で坂も多く、そこでもすべった。

次兄と三兄はスキーが趣味で、物置小屋から出したスキーの手入れをし、ワックスを塗り、雪国へ出かけてゆく。私も三兄に志賀高原へ連れて行ってもらったことがある。太平洋戦争がはじまった年の冬であった。

ホテルに泊り、生れて初めてベッドというものに寝た。深夜、ベッドから床に落ち、その音で眼をさました兄が、私にさげすんだような笑いをふくんだ眼をむけた。私は恥しかったが、眠って間もなく、大きな音で眼をさました。ベッドから落ちた兄が、照れ臭そうに床から起き上るところであった。

町は不衛生であったので、疫病がはやり、疫痢《えきり》、赤痢、腸チブスなどでよく人が死んだ。ことに子供は疫痢にかかって死ぬことが多く、親は戦々兢々《きょうきょう》であった。

私の母親もその例にもれず、私と弟の食物を極度に制限した。果物を例にとると西瓜、バナナ、梨、桃、柿などすべてだめで、食べるのを許してくれたのは林檎《りんご》、蜜柑《みかん》程度で、しかも林檎はおろしガネですって、ふきんでしぼった汁である。アイスクリームは百貨店か著名な菓子店で買ってきたものしかあたえられず、駄菓子屋で売っているものは煎餅《せんべい》、飴類だけを買うことが許された。飲料では三ツ矢サイダー、カルピス、ドリコノぐらいで、他のものは飲ましてくれない。

腹痛をおこし嘔吐《おうと》でもしようものなら大騒ぎになり、すぐに寝かされ、医師が呼ばれる。イチジク印の灌腸《かんちょう》はまだ堪えられるが、必ずのむよう命じられるヒマシ油だけはうけつけない。匂いをかいだだけで嘔吐感がつきあげ、のむどころではない。医師は、サイダーにうかべたり、梅干をふくませてのませようとするが、そんな工夫も役には立たない。

「のまぬと死ぬぞ。それでもよいのか」

と、兄にどなられたが、のむくらいなら死んだ方がましだ、とさえ思った。

回虫が腸に寄生することも多かったらしく、小学校では年に一回、駆除薬を生徒全員にのませる。

校庭に大きな釜が据えられ、その中で海人草《かいじんそう》が煮られる。生徒が一列にならび、茶碗に煮られた海人草の汁をすくって入れ、それをのむ。不快きわまりないにおいのする粘液で、生徒たちは鼻をつまんでのむが、私にはどうしても出来ない。担任の教師がおどしたりすかしたりするが、嘔吐感がつきあげ、茶碗に口を近づけることさえできなかった。

私は一度ものんだ記憶がなく、おそらく教師はあきらめてくれたのだろう。体はクラスで四、五番目に大きかったが、教師の眼からは、神経質で軟弱な意気地のない生徒にみえたにちがいない。

疫病の患者がでると、黒い制帽に白衣をつけた男たちがやってきて、縄を張り、白い石灰をいたる所にまく。特効薬はなく、短時間で死亡する者が多かった。

肺病といわれた肺結核が、猛威をふるっていた。伝染病なのだが、現在、癌にかかる体質、家系があると言われているように、肺病にもそんなことが通説になっていた。一人が肺病にかかると、家族につぎつぎに感染し、一家全滅となる家も多かった。これは下町のみならず山の手でも同じであった。

肺病にかかりやすいのは、なで肩、細面の者と言われていた。治療薬はなく、海辺でオゾンのふくまれた空気を吸うといいと言われ、鯉の生血をのむと効果があるという説もあった。若い男女がよくかかり、次から次へと死んでいった。

感染をおそれて、肺病患者のいる家に人は近づかない。家の近くに、漫画ののんきな父さんを模したカワラ煎餅を売っていた店があったが、その家族二人が肺病で寝ていた。母はその店で煎餅を買わぬように言い、私は言いつけ通りに買うことなどせず、店の前を通るときも息をとめて走りすぎた。

肺病をおそれていた私が、中学二年の折に肋膜炎、五年の夏に肺浸潤になった。名称はとりつくろってあるが肺病であることに変りはない。さらに終戦後には、喀《かっ》血《けつ》して重症の肺病患者になった。

私の方が人に恐れられる側になったのである。絶対安静で寝たきりになった私は、手鏡を手にして窓の外にひろがる庭をながめていた。

その鏡の中に一人の少女の姿が映し出された。近くの地主の娘で、垣根の中に入ってきて、植木ごしに身をかがめてこちらをうかがっている。眼には好奇とおびえの色がうかび出ていて、親に近づいてはならぬときびしく言われている肺病患者の私を、のぞき見ていたのである。

学校で親しくしていた友人がしばしば見舞いにきてくれたが、かれは家に入ることはせず、窓の外に立って私に話しかけるのが常であった。窓は頭の方にあって、私は顔をねじ曲げてかれに応じなければならず、首の根がしこった。かれは神経質で、私からの感染をおそれていたのである。

家々の前にはゴミ溜めが置かれていたが、そこは蠅の繁殖場所でもあった。上にあげぶたがあって、そこからゴミをはじめ台所から出る野菜くずその他を入れる。前面には、上方にずりあげてはずすことのできる板がさしこまれていた。

ゴミ回収の車をひいた男がやってきて、前面の板をずりあげてはずし、中のものをすくって車に入れて去る。ひどい悪臭であった。

牛車、馬車も通っていて、糞が路面に落ちている。風が吹くと乾いた馬糞が舞った。

鼠は多く、夜になると天井を走る。猫が飼われ、金網でつくられた鼠とり、猫イラズという駆鼠剤が売られていた。当時、猫イラズをのんで自殺した例が多かったが、それは薬局で容易に購入できる毒薬であったからである。

数年前、妻と娘が庭で大きな鼠が走るのを同時に眼にし、薄気味悪いからなんとかして欲しい、と言った。

それから間もなく、夜、居間で酒を飲んでいると、窓ガラス越しに、金魚を飼っている池のふちを鼠が長い尾をひいて過ぎるのを見た。頭をたれてスタスタ歩いてゆくといった感じであった。愛媛県宇和島市の沖にうかぶ二つの島で鼠が異常発生したことを素材に小説を書いたことのある私は、鼠の習性についての知識が少しはある。鼠にも獣道というものがあって、同じ道を引返してくるはずだと窓ガラスの外を見守っていると、予測通りその鼠が左方から姿をあらわし、スタスタと右手の闇に消えた。

鼠がいることを確認した私は、どのような方法でとらえてやろうか、と思った。それで、街へ出て歩きまわり、大きな金物店に鼠とりが吊されているのを見出した。戦前のものとは少し構造がちがっていたが、上から吊した針金に食物をつけ、それを鼠がくわえると扉が落ちる仕組みは同じで、早速、それを買った。

数日後、まんまと鼠をとらえた。大きな鼠で、たけだけしく金網の中を走りまわり、眼には敵意にみちた光がうかんでいる。戦前は、鼠とりをそのまま水につけて水死させたが、それを口にすると、妻も娘も残酷だと言って強く反対した。

それで鼠についての知識を手がかりに、餓死させることを思いついた。鼠は日に自分の体重をはるかに越えた量の食物を食べる習性がある。食物を断てば短期間に死ぬはずだった。

予想は的中し、鼠は日を追って生気をうしない、四日後には死んだ。妻と娘に気づかれぬよう庭に深い穴をうがち、埋めた。

その折、私は、今の都会では野生動物が鼠ぐらいしかいなくなっていることをあらためて感じた。戦前は、鼠はもとよりイタチが路上を横切ったり、庭土の中にモグラもいた。蛇も時折り眼にした。都会は、それらの小動物の棲む地ではなく、人間だけが住む場所になっているのだろう。

このように戦前の下町は不衛生だったが、住民は町をきれいにすることを心がけていた。

住民は早起きで、家の前を清掃することから町の一日がはじまる。箒《ほうき》で丁寧にはき、桶にとった水を柄杓にすくってまく。それも、自分の家の前だけではなく、両隣の家の前まで清める。

両隣の家でも同じことをするので、家の前は三度はかれ、水が打たれる。夏の日など、暑さをやわらげるため水がまかれ、夕方には再び清掃する。むろん雪が降れば、両隣の家の前まで雪かきをする。

顔を合わせれば、必ず挨拶の言葉をかわす。学校へ行く時、路上で会う近所の人に朝の挨拶をしながら急ぐ。窓格子の中から声をかけてくる人もいる。素知らぬ顔をする者などいない。

近くの家で人の死などの不幸があると、その家族のことを考えてひっそりとすごす。江戸時代、藩主などが死んだり法事があると歌舞音曲のたぐいを禁じたが、それと同じようにレコードなどかけることはせず、ラジオの音も極度に低くした。笑声をあげたりすると、母からひどく叱られた。

家の躾《しつけ》はきびしかった。朝、起きると両親の前に行って手をつき、お早ようございますと言って頭をさげる。学校へ行く時、帰ってきた時、夜、就寝する時も同様である。

中学四年の時、埼玉県下の友人の家へ友人三人とともに行って泊った。その折、友人たちはあぐらをかき、私だけが正坐で、友人の母親から、

「膝をくずしなさい」

と言われ、あぐらをかいたが痛くてたまらず、正坐にもどした。膝をくずして坐ることは両親が許さず、それが当然のことと思っていた。

母は、私たち子供に、

「他人《ひと》様の御迷惑にならぬように……」

ということを口癖にしていた。

家が密集しているので、住民は互いにゆずり合わなければ暮してゆけないのである。一人が思う存分の振舞いをしては混乱がおこるわけで、周囲の人への配慮をしながら日をすごす。まさに、御迷惑にならぬように身を処さなければ、生きてはゆけない町であった。

其ノ九　演芸・大相撲

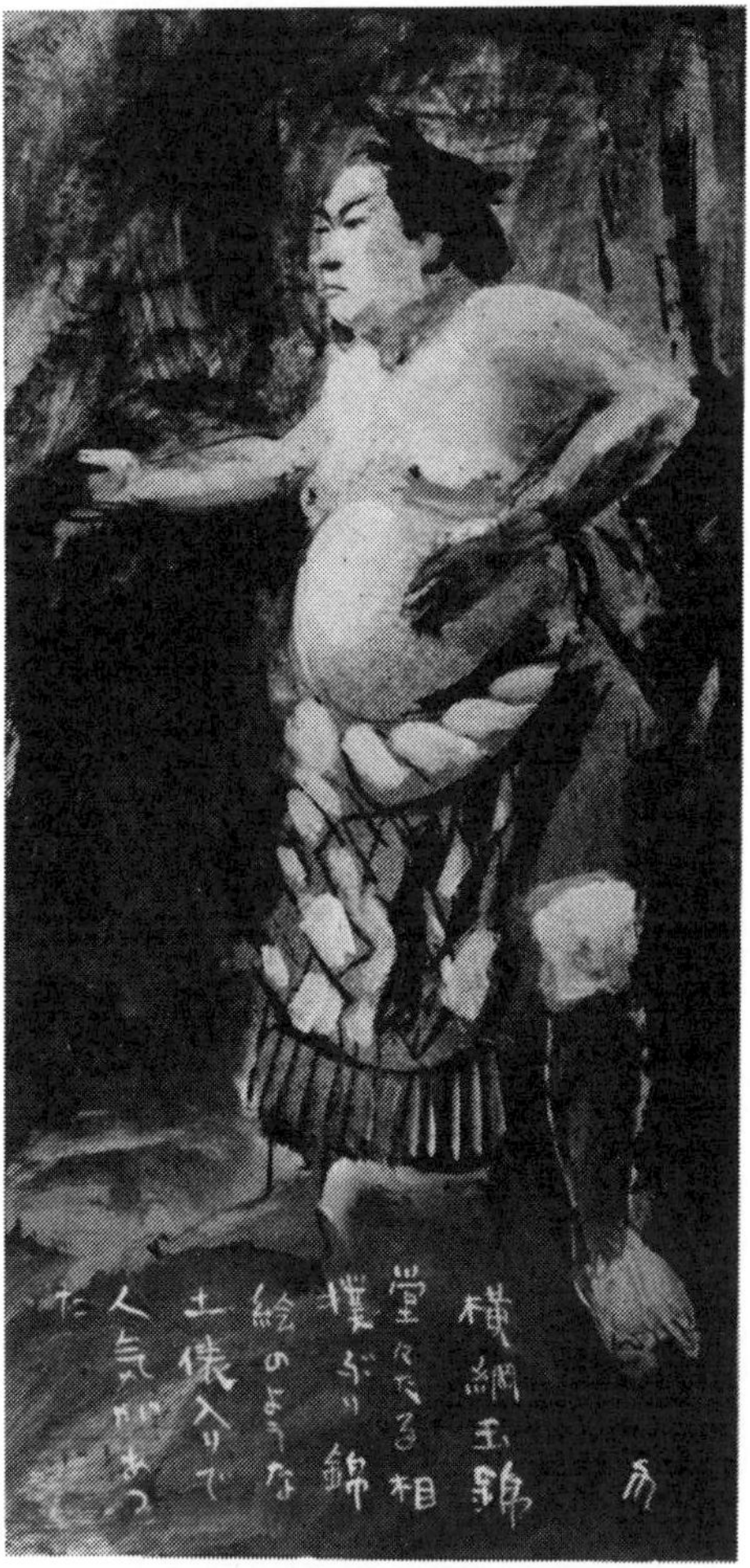
横綱玉錦
堂々たる相
撲ぶり錦
絵のような
土俵入りで
人気があっ
た

昨年の夏、或るテレビ局から、

「朝顔市がはじまりますが、その中を歩いてお話をしていただけませんか」

という電話があった。

私は、今まで一度も朝顔市に行ったことがなく知識もありませんので……と答えて、お断りした。局の人は、日暮里町生れなのに行ったことがないのですか、と呆れたように言った。

受話器を置いてから、一度も、と言ったことはあやまりであることに気づいた。二十年ほど前、通りすがりに朝顔市がひらかれているのを知り、行灯《あんどん》作りの朝顔の鉢の並べられている中を歩いたことがある。が、それだけのことで、朝顔市でテレビにうつされ、話をする資格などありはしない。

テレビ局の人が呆れるのも無理はない、とも思った。私の生家から朝顔市のひらかれる入谷《いりや》の真源寺は、歩いて二十分足らずの位置で、一度も行ったことがないというのは不可解に思えるのだろう。現在でも、テレビで朝顔市の情景をみたり、根岸の鮨屋に行って行灯作りの朝顔を帰りにもらう時に、朝顔市がひらかれているのか、と気づく始末だ。

これに類したことで、人に意外な顔をされることがいくつかある。日暮里生れであることを知っている人から、浅草の三社《さんじゃ》祭り、ほおずき市、おとりさま（酉の市）へよく行くのでしょう？　と言われる。が、私は、三社祭り、ほおずき市に一度も行ったことはなく、おとりさまは二十年ほど前に足を向けただけである。

なぜかというと、朝顔市は入谷という町の催しであり、三社祭り、ほおずき市、おとりさまも浅草のそれで、かた苦しいことを言えば、それらの催しは入谷、浅草以外に住む人たちとは関係がないのである。

それぞれの町の住民は、自分の町の祭りや催しだけで一応満足し、他の町へ出掛けてゆくことはない。私の住んでいた日暮里町でも、夏の諏方神社の例祭をはじめ、他の神社のお祭りもあって縁日の夜店が出る。町は一個の独立した生活圏で、その範囲内で楽しむことができるのである。

かと言って町の中でじっとしているわけではない。上野、浅草へしばしば足を向けるが、それは盛り場という意味で出掛けるのである。

母は、日本橋の三越にも行ったが、省線で三つ目の御徒町《おかちまち》にある松坂屋へ気軽に足を向けた。私もしばしば連れて行ってもらったが、入口で百貨店で用意してある薄茶色の布カバーを靴にはめる。下駄の人は、紅白の緒のついた草履《ぞうり》にはきかえたように記憶している。夏はむろん冷房などなく、売場の所々に大きな氷柱がおかれ、客はハンカチを出してそれにあて、首筋などをぬぐう。天井からは、飛行機の大きなプロペラのようなものがのびていて、ゆっくりと回転し風を送っていた。

松坂屋から出ると御徒町駅のかたわらの吉池で食料品を買い、広小路の酒悦で福神漬を、さらに永藤パン店で子供用の菓子である卵パンなどを求める。夜、広小路で初めて花電車を見た時は、色とりどりの光につつまれたそれが、夢の国の乗り物のように見え、興奮した。

上野よりも浅草の方がにぎわっていて、父に連れられて牛鍋屋に行った。ちんや、松善、今半、米久が大きな店で、入口で下足札をもらってあがり、牛鍋をつつく。浅草に連れて行ってくれると言えば牛鍋屋に行くことで、喜んでついていった。

中学校に入った頃から、私は一人で浅草へ行くようになった。乗り物などには乗らず、小走りに歩いてゆく。目的は、映画、軽演劇を観るためであった。

六区の映画館は軒並み入った。記憶に残る館名は、大勝館、富士館、電気館、日本館、大都劇場、千代田館、東京倶楽部などで、看板を見て歩いては入る。フランスの名画のかずかず、ドイツ映画などは、すべて浅草で観た。

母は芝居が好きで、私も歌舞伎、新派などに連れて行ってもらい、大阪からやってくる曽我廼家《そがのや》五郎一座の人情喜劇も観た。が、それらよりも、浅草の軽演劇の方に興味があって、ほとんど熱狂といった状態だった。

浅草で最も大きかった松竹座では、エノケン一座が公演し、淡谷のり子の「雨のブルース」も聴いた。エノケンは喜劇王と言われていたが、私はどうしても好きになれなかった。演技が大袈裟《おおげさ》で泥くさく、周囲の人が笑う中で、白けた気分でいた。

エノケンは昭和十三、四年頃浅草を去り、その後、清水金一の「新生喜劇座」、水の江滝子、田崎潤、堺駿二らの「劇団たんぽぽ」、森川信一座らが客を集めていた。私が、必ず観たのはシミキンこと清水金一とモッちゃんこと森川信の喜劇であった。

花月劇場では、彗星のように川田義雄が坊屋三郎、芝利英、益田喜頓とともに「あきれたぼういず」の名で登場し、大評判になった。幕があがると、白い帽子、服を着た四人の姿が光りかがやくようにみえ、私はうっとりとし、笑いつづけた。

最近、当時のレコードを再録したものをきいたが、なぜあれほど聴き惚れ笑ったのか、不思議でならなかった。少しも可笑《おか》しくないのである。あの名調子と笑いの要素は、浅草の花月劇場という小屋と観客たちによって生れたもので、レコードでは再現できないのだろう。

同じ劇場に柳家三亀松《みきまつ》が出ていたが、この人気も「あきれたぼういず」にまさるとも劣らなかった。三味線をかかえてゆったり出てくると、都々逸《どどいつ》を惚れぼれするような声で唄う。客が声をかけると、さりげなく斬り返すが、それが絶妙で、客は爆笑する。声帯模写も巧みで、終るのが惜しくてならなかった。

映画や軽演劇を熱中して観ていたが、それには大きな危険がともなっていた。教員で組織されていた補導員が盛り場などを歩きまわっていて、映画館や劇場などに入る中学生を見つけると呼びとめ、今流で言う非行生徒として学校に通報するのである。

その眼をさけるため、私は学生服の上衣を脱ぎ、冬なら作業服の上衣をつけて浅草へむかう。

友人の中には、そんなことをしても見つかった者もいたが、私は難をのがれた。中学二年生の頃から髭が生えはじめ、成人以上の顔にみえるのでクラスの者から

「オヤジ」という渾名《あだな》をつけられ、補導員もまさか中学生とは思わなかったのだろう。

その頃、両親に連れられて那須温泉に湯治に行き、坊主刈りの髪がのびたので床屋に入った。髪をバリカンで刈った後、顔剃りにかかろうとした店の人が、

「立てますか」

と、言った。

私は、その意味がわからず反問した。店の人が、髭を、と言った。

私の口のまわりには無精髭がうっすらのび、それを剃らずに髭を立てるか、という意味なのである。

恥しさで顔を赤くした私は、いえ、立てません、と答え、周囲をみまわすと、店の人も客もすべて髭を立てている。店を出て旅館にもどったが、道を歩く男も旅館の番頭も髭を立てていて、それが温泉町の流行であることを知った。

この例でもおわかりいただけるだろうが、学生服の上衣さえ着ていなければ、中学生には見えぬらしく、一度も補導員に呼びとめられなかった。が、それでも絶えず不安にかられ、映画館や劇場に入る時は、急いで切符を買い、小走りに扉の中へ入った。

寄席に行くのは、中学校からの帰途が多かった。

学校を出て谷中墓地をぬけ、上野駅の手荷物一時預り所で制服の上衣、制帽、さげ鞄をあずける。広小路を歩いて「鈴本」に入った。

昼席なので、客は少い。御隠居さん風の男ばかりで、木枕をあてて畳の上に寝ている人もいる。その中で私は正坐していた。

客はほとんど笑わない。くすり、と笑う程度である。

乃木希典大将の連続ものをやっている口髭を立てた講釈師がいた。「乃木さん」と言わず「乃木しゃん」と言う。講釈師の名は忘れてしまったが、後に講談研究家の田辺孝治氏から桃川若燕師だろう、と言われた。

私は、連続講談を一回も欠かさずきいていたが、或る日、電車の中でその講釈師に挨拶された。母と一緒で、電車に乗ってきた講釈師が私に眼をむけると、近づいてきて、

「いつも御ひいきにあずかりまして……」

と、丁重に頭をさげてはなれていった。

思いもかけぬことで、私はうろたえた。

カジノ・フォリーで
人気をあつめて
いたエノケン
こと榎本健一

驚いたのは母で、髭を立て和服をきちんと着た初老の男が、中学生の私になぜ挨拶したのか理解できない。

「どなた様なの？」

と、きかれ、私は絶句した。

学校の帰途、寄席にもぐりこんでいることは、むろん母にかくしていたので困惑した。が、嘘をつくわけにもゆかず、事情を口ごもりながら説明した。

母は黙ってきいていたが、怒ることはせず、

「立派な芸人さんだね」

と言って、吊革にさがっている講釈師の方を見つめていた。

昼席の客は少く、あぐらをかいている年輩の男たちの中で、ただ一人正坐している少年がまじっていたので、講釈師の眼にとまっていたのだろう。

人形町の末広、神田の花月、神楽坂の演芸場などにも足をのばしたが、末広が最も風格のある寄席に思えた。それらの席で先代小さんをはじめ志ん生、文楽、柳橋、先代正蔵、可楽、先代柳好、先代権太楼、先代円歌、先代小文治、文治らの落語をきいた。

先代の金馬さんは、なにやら通俗的だと一格低くみられていた節があったが、今

レコードできいてみるとその評価があやまりであったことを知る。名人の一人であったのである。私が最も好きであったのは志ん生、可楽で、文楽はきまじめすぎて面白くなかった。

志ん生さんは、日暮里に住んでいて、駅で何度かその姿をみた。いつも、世の中、面白いことはなにもない、といった顔つきで歩いていた。

終戦直前、私は、千葉県浦安町で木造船所をやっていた兄のもとで働いていたが、先代小さん師匠と先頃亡くなった都家かつ江さんが来た。造船所ではたらいている人たちの慰問のためである。

食糧が枯渇していて、帰りに兄がお二人に渡《わた》り蟹《がに》、海苔《のり》の佃煮《つくだに》、蛤《はまぐり》などを包んで渡すと、ひどく嬉しそうにして舟で去っていった。

大相撲が、好きでたまらなかった。

実況放送がはじまると、ラジオの前から動かない。町のそば屋の格子窓の外には、その日の取組み力士の名を記した木札が、東西別に横にならんでいる。ラジオで結果をきいたそば屋の人が、負けた力士の木札を裏返す。力士名が朱の色で書いてあるのである。

父の会社と取引きのある鳥井さんという棉花輸入商が大の相撲好きで、枡《ます》を持っていた。そこに一日だけ招待され、父や兄に連れられて行った。枡席には、イヤホーンのようなものがあって、それを耳にすると実況放送がきこえる。ラジオ放送をききながら観戦できるわけで、当時でもこのような工夫がおこなわれていた。

さらに、小学校でも、高学年になると毎場所教師が引率して連れていってくれた。四階の大衆席で、午前中から行き、昼食の弁当を食べ、夕方までいる。幕内の取組みがはじまるのが待ち遠しかった。なぜ、教師が連れて行ってくれたのか、今考えると不思議な気がする。それで、当時の担任教師であった伊藤繁先生に電話でおたずねしてみると、

「教育の一環として……」

と、あっさり答えられた。

なんとなくほのぼのした話ではある。その日がひどく楽しく、みな嬉しそうに両国まで電車に乗っていった。

大相撲の良さは、古い伝統をそのまま残していることであろう。

終戦後、力士の丁髷《ちょんまげ》は封建的だから切るべきだという軽薄な意見があったが、そのようなことをしたら現在の大相撲はない。垂れた髷が土俵の砂にふれ、それで負

け力士になるなどとは、いかにも優雅だ。

前頭の力士の土俵入り、翌日の取組み紹介など、戦前と少しも変らない。

と言っても、時代の流れにともなう変化はある。

私個人の考えだが、このましい変化をあげてみる。

土俵の上の屋根は四本柱でささえられていたが、戦後、吊りさげられるようになって柱は消えた。それを惜しむ声もあったが、観戦するには柱が邪魔で、現在の方がはるかにいい。

戦前の廻しの色は黒、濃紺とほぼきまっていた。それが、現在では多彩で、朱、緑、黄まである。カラーテレビの放映効果をあげる上での配慮ときいたことがあるが、いずれにしても観ていて美しい。おそらくこれにも反対の声があったのだろうが、大相撲は華やかなものであるべきで、廻しが彩り豊かである方が楽しい。

戦前の方がよかった、と思うこともある。

まず、四股名《しこな》。

年齢的に、私など戦前の大相撲を語る資格はない。私が大相撲を観はじめたのは、横綱玉錦の全盛時代で、双葉山が前頭に顔を出した頃である。年長の方には、なんだ、そのあたりまでしか知らんのか、と一笑にふされるはずだが、その点はお許しいただきたい。

その頃の力士の四股名は、郷愁のせいか、なかなかいい名があったように思う。巴潟《ともえがた》、武蔵山、清水川、新海、綾昇、笠置山、両国、鹿島洋、桜錦、照国、旭川など、それぞれに味がある。これらは、小学生であった私にも読むことができ、幡瀬川という四股名も、幡ヶ谷という地名からハタセガワと読めた。

ところが現在の力士の名の中には、小学生どころではなく大人ですら読めぬ四股名がある。それぞれに理由があるのだろうが、戦前のように小学生でも読める四股名の方が望ましい。

今でも宇田川さんという人の好意で東京場所の一日だけ枡席を借りうけて観戦しているが、お茶屋の人たちがお客をどのように考えているのか、と首をかしげたくなることがある。お土産の袋は、取組みが終った後、引渡し所で渡すべきなのに、後片づけを早くすませたいためか、その袋を観戦中に枡席に持ちこんでくるのである。

ただでさえ窮屈な枡の中で、足のやり場をあれこれ工夫しているのに、大きな袋を四個入れられてしまっては、どうにもならない。観戦どころではなく、せっかくの楽しみが苦痛にかわる。

テレビの前に枡席そっくりのものをつくって据え、友人を招いてその中に坐り、焼鳥を肴《さかな》に酒を飲みながらテレビ観戦をしようか、と、近頃、半ば真剣に考えている。

其ノ十　食物あれこれ

家の近くに、私より六歳上の奇妙な男がいた。

棟つづきの三軒家の裏の空地に干場をもつ染物師の次男で、小学校の成績がよく、府立の中学校に入った。卒業して一年か二年浪人していたが、その後が怪しい気配になった。

かれは、いつの間にか旧制高校で最も難関と言われていた第一高等学校(一高)の徽章《きしよう》のついた白線の帽子をかぶり、制服にマント、朴歯《ほおば》の下駄という姿で町を歩くようになった。が、事実は一高に入ったのではなく、まだ浪人中らしいという話が流れた。と言ってもそれをことさら詮索する者もいず、ただ傍観しているだけで、私の家でも話題にならなかった。

中学生であった私にも、その男にはなにか嘘の匂いが感じられた。夜、一高の制服とはちがった金ボタンの学生服を着、まるめた学帽をつかんで人眼を避けるように歩いているのを見て、やはり……と思ったりした。

旧制高校卒の者は帝国大学に入るのを常としたが、やがて、男は、東京帝国大学の帽子、制服を身につけるようになった。偽学生（テンプラ学生）という者がかなりいることを耳にしていた私は、そのような人が身近にいるのが薄気味悪く、ひそかに好奇の眼も向けていた。

その男が、いつしか私に声をかけるようになった。柔道三段だというので、

「家に遊びに来いよ」

と言われると、断ることもできず出掛けて行った。

四畳半のかれの部屋には机が置かれ、壁に一高、帝大の制服、制帽がさがっていた。本棚に洋書がならび、それを手にとってページをひるがえしたりする。

「世の中、頭の悪いやつばかりでな」

かれは、蔑《さげす》んだように笑う。

いや味なこと、この上ない。秀才と言われていただけに、虚勢をはって人眼をあざむこうとしているかれが、哀れに思えた。かれの親や兄は責めることをしないのか、それとも半ばやむを得ぬと諦めているのか、表情は暗かった。

やがて、かれの正体があらわれることになった。徴兵検査に甲種合格し入営する

かれの家の前に、近所の人が集った。その中に学校の友人だという数人の男たちがいたが、かれらの制帽、制服は一高でも帝大のそれでもなかった。

私は、日章旗をたすきにしたかれを、近所の人たちと駅まで見送っていった。

かれとの思い出に、カレーそばがある。隣町にある洋画専門の映画館に誘われ、帰途、町のはずれのそば屋に入った。昭和十五年の寒い冬の夜であった。

かれはカレーそばを註文し、すすめられるままに私もそれにならった。カレーそばなどという名称を耳にしたのは初めてで、どんな食物か見当もつかなかった。

運ばれてきたカレーそばを食べてみた私は、驚くというよりも呆れた。こんなおいしい食物が、この世にあるのか、と思った。現在、生れてから五十七年余、過去に食べたもので最もうまかった食物は？　と問われれば、ためらうことなくその時に口にしたカレーそば、と答える。もともとライスカレーは、大好物であった。じゃが芋、人蔘《にんじん》、肉、玉ねぎを大鍋でぐつぐつ煮て、それにカレー粉を湯でとかしたものを入れるのを、台所で胸をときめかしながらながめていた。

カレーとそばの取り合わせが意外であり、絶妙にも思えた。その折、初めて食べたのだから、カレーそばは、昭和十五年頃、出現したのではないだろうか。家のライスカレーの色が黄色みをおびているのに、カレーそばが濃い茶色であったことが印象的だった。

やがて戦争が激化してカレーそばどころではなくなり、戦後しばらくたってから久しぶりに食べた。やはりうまくはあったが、この二十年ほどは一度も食べていない。偽学生だった男にすすめられて食べたカレーそばの味の記憶を、そのままにしておきたいからである。

現在のカレーそばは、当時のカレーそばより具もよく調理方法もすぐれていて、きっとうまいはずだが、それはそれとして、中学一年生の冬に大感嘆した味の記憶を大切にしておきたい。食料品もそろそろ不足しはじめていた頃だし、それに十三歳の少年であったので美味なものを口にする機会もなく、得も言われぬ味に感じられたのだろう。その記憶に水をさすようなことはしたくないのである。

カレーというものが、甚《はなは》だハイカラなものに感じられ、その風潮に応じるように、ジャム、クリームパン以外にカレーを入れたパンが現われた。カレー煎餅《せんべい》まで駄菓子屋で売られ、カレー豆もビールの肴などになった。

町には、数多くのそば屋があった。

うまいそばを食べるために、遠くまで出掛けるようなことはない。父や兄に連れられて、根岸の「鉄舟」というそば屋へ行ったぐらいであった。店主の先代か先々代が山岡鉄舟と交りがあって、それで店の名をそのようにしたときいたが、確《しか》とはわからない。味はすこぶる良く、遠くからも客が食べに来ていたが、二十数年前、道路拡張で表通りからせんべい屋の並ぶ道に移っている。

そば屋ではうどんも出していたが、それは女性か子供が食べるのが常で、大人はもっぱら、そばであった。消化不良をおこすと、母が味のよいことで定評のあった「千長」という、今でもある町のそば屋から素うどんを二つとり、それをお粥《かゆ》をつくる土鍋で煮てくれた。病人食でもあった。

関西以西や四国の人が、東京のうどんは醬油の汁にひたしてあるような代物で、と悪評するのをしばしば耳にしたが、うどんなど大の男が食べるものではなく、そんなに目くじら立てなくてもよいのに、と不審に思っていた。が、十数年前、文藝春秋主催の講演会で香川県観音寺市に行った時、長い間の疑いがとけた。

昼食に、と、市の人の案内でうどん屋に入ったが、うどんそのものと言い、汁と言い、まさしく幼い頃から口にしたうどんとは、別種の食物かと思うほどうまかった。東京のうどんは……、と言われるのも無理はなく、わかりました、わかりました、と言った思いであった。このことがあってから、殊に香川、愛媛県に行くと、必ずうどんを食べる。

そば屋は、現在、町なかにあるものと店内の構造が同じである。飲食店で、これほど店のつくりの変らない業種は珍しいのではないだろうか。そばのうまい大きな店には、今でもそうであるように、こもかぶりの酒樽が据えられていた。

町のそば屋に、少年の遊びに使われるものが売られていた。客が使った割箸《わりばし》を洗って干し、それを束ねて、一銭で売る。なににするのかと言うと、それを横にならべて輪ゴムで鉄砲を組み立てる。短くした割箸の引き金をひくと、先端から引き金まで強く張られてある輪ゴムが飛ぶ。私は、なんとなくそば屋の使用ずみの割箸が薄気味悪く、家で使った箸で作っていたが、何連発もの鉄砲を組み立てたくて、新しい箸を何膳も台所から持ち出し、女中さんに見つかって叱られたりした。

町には鰻《うなぎ》のうまい千葉屋という店があって、来客があるとうな重を取り寄せるのを習わしにしていた。芋坂の羽二重《はぶたえ》団子を買いに行かせられることもしばしばで、どちらも来客に評判がよかった。天ぷら屋、支那料理屋、鮨屋、ミルクホールなど、飲食店が至る所にあり、出前をしていた。

家の近くに焼き芋屋があった。周囲を黒土でかためた芋を焼く鉄の平たい釜のようなものが三つあり、底に敷いた小さな黒石の上に芋をならべ、大きな木製のふたをかぶせる。焼けた芋を、店主が新聞紙につつんで渡してくれる。

夏が近づくと芋は売らず、店頭には涼しげなガラスのれんがさがり、氷という字の染められた旗がひるがえった。こまかくけずられた氷が、ガラス容器に盛り上げられる。スイという無色の砂糖を煮た液がかけられているのが一銭、イチゴ、オレンジなどの色つきジュースをかけたものが二銭、アズキの入ったものが三銭で、縁台に腰をおろして匙《さじ》ですくう。出前もしていた。

小学校の三、四年生頃、大学いもが、突然のように現われた。ふかしたさつま芋を斜めに切って大鍋で揚げ、それをゴマの入った甘い汁にひたす。

焼き芋しか知らなかった町の人たちの大評判になり、私も店の前に並んで買った。揚げられた芋とそれをおおう光沢のある汁の甘みが調和していて、ひどくうまい。いつ行っても、店の前には人がむらがっていた。店の男は、どこで手に入れたのか帝大の徽章のついた学生帽をかぶっていた。

大学いものあおりで、焼き芋屋の客は激減し、その店でも大学いもを作って売るのではないか、という噂もあった。が、坊主刈りをした白髪の店主は、暗い眼をして釜に芋を並べ、焼くことをやめなかった。

それらの食物をあつかう店も、開戦後、一つ二つと減り、いつの間にかすべて消えてしまった。

石油ショックで、家庭用灯油の不足さわぎが起った時、戦時中、町にあった或る八百屋のことを思いうかべた。

灯油の入手困難が新聞やラジオ、テレビで報じられたが、私の家では幸いにも不自由な目にはあわなかった。数年前から灯油を買っている燃料商の店主が、

「お得意様には決して御不便をおかけしません」

と言い、事実、定期的に持ってきてくれていた。それで、灯油が手に入らず困っている知人に車で来てもらって、わけたこともあった。

さらに灯油不足が激しくなった頃、酒、調味料を買っている店の主人が、配達に来た折、

「少しでも灯油でお困りのことがありましたら、いつでもお申しつけ下さい。灯油も商っておりますから……」

と、言ってくれた。

私が、八百屋のことを思い出したのは、その時だった。

私が少年時代、家では、野菜類、果物などをその八百屋に頼み、他の店で買うことはしなかった。大家族であり、工場の若い工員さん数名の食事もととのえていたので、かなりの量になる。店主がそれらをとどけ、私も母に命じられて自転車に乗

り、買いに行ったりした。

店主夫婦は愛想がよく、働き者だった。誠実で、常に笑顔をたやさず、私もその夫婦が好きであった。

ところが、戦局が悪化して食料品が不足しはじめた頃、突然、夫婦の態度は一変し、顔から笑いの表情が消えた。店にはまだ野菜類が並べられているのに、私が使いに行って野菜を註文すると、

「御時世が変ったからね。売りたい人にしか売らないよ」

と、険しい表情で言い、他の客に売りはするが私は相手にされない。客の中に近所の主婦がいたが、その人は他の八百屋でばかり買物をしていて、決してお得意様ではない。店主は、その主婦に野菜類を渡し、私には早く帰れというような眼をむける。

顔を青ざめさせて家に帰った私がそのことを告げると、母は、

「いやな世の中になったたね。あの人だけは、そんな商人とは思えなかったがね」

と、淋しそうな眼をした。

少年の私は、人がそれほど変るものか、と驚き、そして恐しさも感じた。その八百屋は、金を多く出す人にのみ売り、長年の顧客であるかどうかは、問題外であっ

たのである。

夏になると、家の食卓には、氷の入ったガラス容器に、丸ごと茹《ゆ》でられた茄子《なす》を冷やしたものが出された。茄子を箸で縦に裂き、ショウガ醬油につけて食べる。不思議に茄子が、ショウガ醬油と合う。

私は別にうまいなどとは思わなかったが、四番目の敬吾という兄が、なぜか大好物であった。

商業学校を卒業した兄は、家業を手伝い、やがて徴兵検査をうけた。近視でひ弱な体をしていたので第二乙種になったが、開戦が迫った頃、第一乙種に編入され、入営した。

母は、しばしば面会に行っていたが、或る時、兄が、隊内できびしい制裁をうけていることをもらした。兄には交際していた女性がいて、彼女が出した手紙を種に、古年兵から手ひどい目にあっているらしかった。体が弱いのを案じていた母は、一層、兄のことが気がかりでならなくなった。

軍隊歴のある三番目の兄は、

「軍隊では、だれでも同じ体験をしていますよ。そんなことを親にもらすとは……」

と言って、兄の女々《めめ》しさをなじっていたが、それも母の不安を少しでもやわらげようとする配慮からだということが、私にもわかった。

訓練期間を終えた兄が、戦地へおもむくことになり、私と弟は、両親に連れられて連隊のある地方都市に行った。

母は、なにか兄の好物を口にさせようとし、家から底の深いアルマイト製の大きな弁当箱を持っていった。そして、その都市にある親戚の家で、茄子を茹で、弁当箱に入れた氷の中に沈め、おかず入れにショウガ醤油をみたした。

伝染病予防のため隊内に家族が食物を持ちこむことは禁じられていたが、母は、着物の袂《たもと》にそれをかくした。

連隊の営門には、剣つき銃を手にした兵が両側に立ち、将校、下士官の姿も見えた。私たちは、生きた心地もなかったが、母は、袂をおさえ、丁重に頭をさげてその前を通りすぎた。

兄が、兵舎から姿を現わし、近づいてきた。母は、兄を兵舎の裏手の方に連れてゆき、私と弟に、

「よく見張るんだよ」

と、声をかけ、袂から弁当箱を取り出した。

私は、兵舎の建物の角から営庭の方に視線を向けながらも、兄が茄子をショウガ醬油につけて、あわただしく口に運んでいるのを見た。

うまいよ、うまいよ、と嬉しそうに言う兄を、母は、弁当箱を手にして見つめていた。

その夜、城跡にある連隊の門から駅へ通じる道に、戦地へむかう兵の家族や市民が、提灯や小旗を手につめかけていた。

やがて、営門からラッパの音とともに軍装をした兵が四列縦隊で出て来て、軍靴を鳴らして駅へむかいはじめた。提灯や旗がふられ、万歳の声が絶え間ない。人波にもまれているうちに、私は、両親や兄弟とはなれ、白がすりを着た学生の従兄小山喜八郎と二人だけになっていた。

私は、人に押されてよろめきながら、行進してくる兵たちの顔に視線を走らせていたが、突然、従兄が、

「敬吾さんだよ」

と、人の肩ごしに私に叫んだ。

その声に、私が従兄の視線の方向に眼をむけると、眼鏡を光らせた兄の顔があっ

た。

「兄さん」

私は、銃を肩にした兄の腕にとりすがった。

「おう」

兄が、微笑した。その体からは、ベルトなどの皮革の濃い臭いがしていた。

私は、兄にしがみついて四、五メートルついていったが、人の体にさえぎられ、手をはなしてしまった。駅にむかう兄と出会うことができたのは、家族のなかで私だけであった。

一年四カ月後、兄は、中国大陸で戦死した。弱兵のはずであったのに、軽機関銃手として分隊長とともに決死隊に志願し、弾丸を胸にうけて即死した。遺骨が帰還したのは、日本が米、英、蘭三国に宣戦布告した翌々日で、兄は、二十三歳であった。

戦後、何度か兄のことを思い出して茄子を茹でてショウガ醤油で食べてみた。が、数年前から辛い記憶がよみがえるのを避ける気持が強く、今では食べることをしない。

其ノ十一　町の出来事

泥棒の顔を一度見たことがある。

小学校の三、四年生であった頃、近くに住む宮川さんという地主の家の前の路上でキャッチボールをして遊んでいた。地主は四十代で、容貌がととのい色が白く口髭をはやしていた。軍隊歴があり、在郷軍人の催しには陸軍中尉の肩章のついた軍服に軍刀をさげて参加し、その姿がスマートに見えた。かなりの土地と家作を持ち、かれの家の前にも新築の棟割り長屋があった。

その長屋の一軒に住む二十五、六歳の小柄な男が、弁当箱の包みを手に勤め先からもどってきた。独身で、私たちのキャッチボールの相手をしてくれたりして人気があった。

男は、いつも台所の戸の鍵をあけて家に入るのが習わしで、その日も家の裏に通じるせまい露地に入っていった。

それから間もなく、家の中で突然すさまじい音がしはじめた。なにかが壁に激しくあたる音や、物がくだけ散る音がつづき、家が震動しているようにさえ感じられた。

私たちは、呆気にとられて家を見つめた。なにが家の中で起っているのかわからなかった。隣近所の主婦や子供たちも路上にとび出してきて、言葉もなく家に眼を向けている。

しばらくすると、物音がやみ、露地の奥から見知らぬ背の高い口髭をつけた男が出てきて、その後ろに家の主である男がついてくる。二人の頭髪と衣服が乱れ、長身の男は鼻と口から血を流し、顔を激しくゆがめていた。

その男の片腕は後ろにねじ曲げられ、家の主が手首をつかみ、さらに背広の衿首もつかんでいる。

家の主が、

「泥棒だ。交番へ行ってお巡りさんを連れてきてくれ」

と、言った。

私は、思いがけぬ言葉に驚いた。泥棒が眼の前にいるのかと思うと体がふるえ、足がすくんだ。友人たちも同じで、立ったまま口髭の男を見つめ、交番へ行く者もいない。

ようやく太った主婦が、うろたえたように走っていった。

家の主は、口髭の男に足払いをかけて、男をうつぶせにさせた。平然とした表情で、手首をねじ上げたまま男の背に乗った。

警察官が二人走ってきて、男に捕縄《ほじょう》をかけて引き立て、その後から家の主がついていった。

少したってからもどってきた家の主は、英雄のように近くの主婦や地主たちに取りかこまれた。

男は、前夜、残業をし、午後に勤務先からもどった。家の裏口に行くと戸の鍵がこわされ、家の中で見知らぬ男が物色していたので、格闘になった。警察官と署に行ったが、空巣ねらいをした男の片腕は、肩の付け根で脱臼《だっきゅう》していたという。

私は、小柄なかれが逞しい体をした長身の泥棒を捕えたことに感嘆し、近所の人も、強いね、強いね、と繰返し賞めたたえていたが、かれは照れ臭そうに笑っているだけであった。

その後も、泥棒を眼にした時の恐怖は長い間消えず、口髭をはやした男を見ると、よからぬことをしている人のように見えた。

初めて泥棒を眼にした折の恐怖は、なにか自分をつつむ空気が不意に白く泡立つような感じで、体が硬直したように動かなくなる。視覚が働いているだけで、一種の放心状態になる。自分の体の存在感も消えていた。

日暮里駅前にあった菅井医院の待合室の長椅子に坐って、診療の順番を待っていた時も、空気が白く泡立った。

ガラスのはまった入口のドアが勢いよくあけられ、二人の駅員が担架の棒をつかんであわただしく入ってきた。担架には、和服を着た女が横たわっていた。私の家の近くにある電器店の主婦であった。

電器店と言っても、トウランプという商標名の電球を売っているだけの小店で、主婦が店番をしている。店主は三十歳ぐらいの男で、昼間はどこかに勤めているらしく、夕方帰ってくると、ラジオの故障修理をする。夜、その店の前を通ると、髪を額にたらした店主が、真空管の取り換えをしたりハンダづけをしたりしているのが見えた。

担架の上の主婦はこちらに顔を向け、妙な笑い方をしていた。照れ臭そうでもあるし、悪戯《いたずら》を見つけられた子供のような笑いにも見えた。顔が恐しいほど蒼白だった。

駅員たちが靴をぬぎ、担架を手にして待合室をぬけ、診療室の方へ入っていった。土間に一人の小柄な駅員が残っていて、待合室にいた男が、

「どうしたんだね」

とたずねると、駅員は、

「電車に身投げをしてね。抱いていた赤ん坊は死んだよ」

と、答えた。

空気が白く泡立ったのは、その駅員が土間から拾い上げた女物の下駄を眼にした時だった。古びた下駄が縦に割れ、鼻緒《はなお》の先にぶらさがっている。

その下駄と、担架の上で笑っていた女の顔が重り合った。主婦は、最近になって子供を生み、店の奥で衿をはだけて赤ん坊に乳をあたえていた。その赤ん坊が、すでに死んでしまっていることを思うと、背筋に冷たいものが走った。

私は、診療をうける気など失せ、その場から一刻も早くのがれたい思いで、立ち上ると運動靴をはいて外に出た。駅の入口では、駅員たちが二、三人立ち、こちらに眼を向けていた。私はおぼつかない足どりで家の方へ小走りに歩いていった。

店でつつましい葬儀があり、小さな棺が運び出された。焼香する者は少かった。主婦の姿はなく、紺の背広を着た店主が、棺を入れた霊柩車に乗って去った。

それから一カ月ほどたった頃、その店で再び葬儀が営まれた。主婦が縊死《いし》したのである。新聞に小さな記事が出ていたが、「神経衰弱のため」と書かれていた。

店主は、周囲に気がねするようにひっそり住んでいたが、やがて近所の家々をまわって、故郷に帰るという挨拶をし、姿を消した。店は貸店であったが、薄気味悪がられたらしく、その後借りる者はなく、無人の家のまま夜間空襲で焼けた。

自殺と言えば、一家心中もあった。

これも小学生の頃だが、下校途中、近くの歯科医院の前に荒縄が張られているのを眼にした。遠巻きにしている近所の人の話で、夫婦と小学生の息子、娘の家族全員が心中したことを知った。

私は、息子も死んだことに呆然とした。私より一歳下で、よく遊び、谷中墓地にトンボ採りにも行った。

かれの家に行き、応接間にピアノが置かれているのを見て、ハイカラな家族だ、と羨望《せんぼう》をおぼえた。学校でさえピアノは一台あるだけで、音楽の時間にはオルガンを教室に運び入れて唱歌をうたう。ピアノが使われるのは、祝日や入学、卒業式などの催しがある時にかぎられていた。それが、個人の家にあるので驚いたのである。

心中の原因は、かれの父に愛人がいて、そのもつれによるものであったように記憶している。

二、三日たってから、親類の人と思われる見知らぬ人たちによって三個の棺が家から運び出され、霊柩車に入れられた。棺の一つに親しかった少年とその妹の遺体が入っているらしい、という近所の人のささやきに、眼の前が暗くなるような恐れをおぼえた。

その医院の建物も住む人はなく、一時、倉庫代りに使われただけで、空襲で焼失した。

正岡子規の旧居に近い根岸の通りに、焼鳥屋があった。

白い布で頭をつつみ、白い上っ張りを身につけた老人が、渋団扇《しぶうちわ》を手に店頭で串にさした鳥を焼いていた。一本一銭で、私も何度かそれを買って歩きながら食べた。客が来てから焼くので、老人の焼くのをながめながら待つ。団扇をあおいで炭火の火力を強め、鳥肉をのせ、焼けるとタレをみたした甕《かめ》に入れ、渡してくれる。背の高い鼻筋の通った、品の良い老人だった。

或る日、その道を自転車で行くと、前方にかなりの人だかりがあった。

石油運搬のタンクのついた白いトラックが道の端にとまり、折れ曲った子供用の

自転車が投げ出されている。歩道に蓆《むしろ》をかけられたものが横たわっているのを見た時、空気が白く泡立つのを感じた。

焼鳥屋の老人が、二人の男に抱きかかえられて近づいてきた。老人は、背をそらせ、意味不明のうわごとのようなことを喚きながら、男たちに押されるようにして歩いてくる。足が宙をふんでいるようだった。

私は、ようやく老人と血のつながりのある少年が自転車に乗っていて、トラックにはねられ即死したことに気づいた。老人は、報せをうけて店をとび出し、少年の遺体を見て半狂乱になった。男たちは、老人を現場からはなし、店の方に連れてゆこうとしているにちがいなかった。

私は、その前を通るのが恐しく横道に入り、自転車に乗る気もなくなり、押して家にもどった。

この事故は、新聞に小さな記事になって報じられ、死んだ少年が老人の孫であることを知った。

半月ほどたった頃、店の前を通ると、老人が鳥肉を焼いていた。

老人が、女の客に甲高い声で訴えるように話をしているので、私は足をとめた。

老人は、娘が結婚し、夫に死なれて子供を連れ自分のもとにもどってきたが、娘も病死し、孫と二人の生活になったと、うわずった声でいっている。孫が不憫《ふびん》で、自転車を買ってくれとせがまれたので買いあたえたが、それが却って災いのもとになった、と嘆いている。老人は、話をきいてくれそうな人に繰返し訴えているらしく、その口調に淀みはなかった。

「一人きりになってしまいましたよ」

老人は、団扇を掌でたたいていた。

私は、老人が悲しみの余り店を閉じてしまったのではないかと、漠然と想像していた。が、老人には鳥を焼く仕事しかなく、生きるために再び団扇を手にしたのだろう、と思った。

自転車は、私たちにとって高価な乗り物だった。

幼い頃、三輪車を買ってもらったが、小学校に入ると、後輪の両側に補助の小さな車輪のついた自転車に乗って練習し、やがて片方の補助輪だけにし、それもはずした。小型の自転車なので、それに飽き、大きい少年用の自転車が欲しい、と思うようになっていた。

小学校三、四年生の頃だったろうか、学校から帰って勉強部屋のガラス戸をあけると、板の間に緑色の大きな自転車が置かれているのを眼にした。ハンドルとパイプに茶色い紙が巻かれ、車輪のスポークがまばゆく光っている。学校の通信簿が良かった褒美に母が買ってくれたのだが、嬉しくてならなかった。

現在、街を歩くと、歩道に自転車が並んで置かれ、放置されているものもある。豊かになったからで、それはそれで結構な話だが、少くとも自転車を買ってもらって大喜びをした少年の幸福感は、今の少年に味わえぬことは確かだ。


家から五十メートルほどはなれた所に、牛乳店があった。
二十七、八歳の店主は美男で、妻は鶴のような顔をした髪が茶色い神経質そうな女だった。生れたばかりの子供がいた。
店主に召集令状が来て、頭を刈り羽織袴をつけた店主を近所の人たちが駅まで送った。妻は赤ん坊を抱き、暗い眼をして夫や親類の人たちと電車に乗って行った。

妻の甥《おい》だという十七、八歳の男が故郷から出てきて、店の仕事を手伝うようになった。牛乳瓶をつめた箱を青い箱車に入れ、それをひいて家々に配達する。妻は店にいて、買いにくる客に牛乳瓶を渡していた。

一年ほどたった頃、店主が戦死し、遺骨が帰還した。太平洋戦争がはじまる前で、戦死者も稀であったので多くの人が葬儀に参列した。その折の妻の顔は一層痩せこけ、眼が充血していた。

幼い子と残された彼女がどのようにして生きてゆくのか、少年の私も気がかりで、喪服をつけて坐っている彼女の顔を見つめていた。

納骨のため彼女が故郷へ行き、一週間ほど店は閉ざされたままだった。このまま牛乳販売をやめてしまうような予感がした。

或る朝、私は、彼女の姿を見た。白い野球帽のような帽子をかぶり、白運動靴をはいて牛乳の箱車をひいて行く。眼にはなにかに挑んでいるような思いつめた光がうかんでいた。

その健気《けなげ》な姿に、牛乳を頼む家が多くなり、彼女は忙しそうに車をひいて廻った。私は、彼女が笑うのを一度も見たことはなかった。

太平洋戦争がはじまると牛乳を売ることなどできなくなり、彼女が車をひく姿を眼にすることもなくなった。

町が空襲で焼きはらわれる頃、彼女が閉じられた店に住んでいたかどうか、記憶にない。戦死者が増し、彼女のことを気にかける者も少くなった。食糧が枯渇し、他人のことを思う余裕などなくなっていたのである。おそらく彼女は、牛乳販売が不可能になった後、子供を連れて故郷へでも帰っていったのだろう。

少くとも太平洋戦争がはじまるまでは、町には庶民の生活があった。

近くの銭湯に、脱衣所で働いている女がいた。すらりとした長身の女で、少年の私にもたぐい稀な魅力にみちた美しい女に思えた。

町の若い男たちの評判になり、彼女を見ようと銭湯に足をむける。男たちは、女の方に視線を走らせながら下着をぬぎ、前に手拭をあてて大きなガラス戸をひきあけ、浴場に入ってゆく。女は頭も良さそうで、つつましい性格だった。だれが彼女と結婚するのかが話題になっていた。

或る日、銭湯の後ろにある主人の家で婚礼があった。長男の婚礼で、花嫁はその女だった。女は、その後、脱衣所で働くことはなく、買物をしに歩いている姿を見るだけになった。

近所の旧家に嫁に来た女も、背が高く美しかった。その家の両親は、女が貧しい育ちであることに難色をしめし、息子がその女と結婚することを長い間反対していたが、遂に折れたということを、近所の者たちは知っていた。

角かくしをした花嫁姿の女が挨拶まわりをしたが、幼女がそのかたわらについて歩いていた。子供が出来たので、親も承諾せざるを得なかったのである。どのような育ちであろうと、女は気品があり、親が反対するのはおかしい、と子供心にも思った。

開戦後、町には出来事らしきものは絶えた。盗難、自殺、色恋沙汰などもむろん数多くあったのだろうが、記憶にない。燈火管制で、町は暗く、月と星の光がひときわ冴えていたのが印象に残っているだけだ。

空襲は、町の家並を消滅させ、同時に住民を離散させた。現在、私の生れた家のあった地に、次兄が繊維会社を営んでいるが、近所の人は見知らぬ人が多い。小学校の同級生は六十名近くいたが、町に住んでいる者はほとんどいない。むろん私も、他の地に住んでいる。

半年ほど前、町に行ってみた。前方から歩いてくる白髪の男に、見おぼえがあった。私より一年上級の小学生の顔が、よみがえった。植木師の子で、鼻のかたわらに黒子《ほくろ》があるので、鼻ポチと渾名《あだな》され、遊んだこともある。

男の鼻のかたわらには黒子があり、私の顔になんの反応もしめさず通り過ぎていった。

其ノ十二　ベイゴマ・凧その他

十数年前、新宿の行きつけの小料理屋で一人で酒を飲んでいると、店主から隣りの席にいる人を紹介された。編集者のYさんであった。

Yさんも連れがなかったので、雑談をした。Yさんは私と同年齢で神田に生れ、少年時代の遊びの思い出話になった。ベイゴマのことに話が及び、酒の勢いもあってベイゴマを久しぶりにまわしてみようかということになり、面白がった店主が実行するようすすめた。

場所は小料理屋の二階ときめ、当日、店主の誘いに応じた十人余の人たちが集った。ベイゴマは、私がいつの間にか集めておいたものを持っていった。八畳間の中央に一斗の空樽《あきだる》を据え、その上にゴザをのせ、霧を吹きかけてくぼみを作った。ベイゴマは、遠い昔、関東以南の海でとれる海螺《ばい》という巻貝に粘土をつめてまわしたことから海螺弄《ばいまわ》しと言われ、ばいがべいに訛《なま》ったと聞いていたので、「貝の会」という名称をつけた。

　その夜から毎月一回集ったが、少年時代ベイゴマ遊びの巧みだったと称する人も、ゴザのくぼみ――床《とこ》にコマを入れるどころか、廻すことすらできない。勝負ができるのは、Yさんをはじめ私と二、三人で、初めてやる人は二年もつづけたのにうまくならず、私も飽いてその他愛ない集いを解散した。

　この会で得たのは、ベイゴマ遊びがかなり高度な技倆《ぎりょう》を要すること、そして私自身、少年時代それに没頭し、三十年もたっているのにその廻し方が身についているのを知ったことであった。

　ベイゴマは、勝ち負けによってコマをやりとりする好ましくない遊びであった。教師はもちろん禁じ、お巡りさんがくると少年たちは逃げる。露地裏で人眼にふれぬよう勝負を争った。

　私は、町の少年たちとベイゴマをすることはせず、同級生の石井君という金物店の末子と二人だけでコマをまわした。金物店の裏手にある塀の中に、商品をおく小さな倉庫のような建物があり、フイゴを足先で押したり引いたりしてコークスを赤熱させ、カスガイなどを作っている無口な職人がいた。私は、石井君と建物の隅に床をおいてコマをまわした。

かれは学業成績は中ぐらいで、小柄な大人しい少年だった。が、ベイゴマ遊びにかけてはたぐい稀《まれ》な名手で、それを知っているのは私だけであった。私とかれは、コマのやりとりはせず、ひたすら技倆のしのぎをけずった。

かれは、銘品とも言えるコマをいくつも持っていて、横綱クラスのコマをダッチャンと言った。

私も、かれにならって銘品を産み出すことにつとめた。ベイゴマ遊びは、相手のコマを床の外にはじき飛ばせば勝ち、また相手よりコマを長い間回転させ、停った相手のコマをはじいて伏せ、自分の回転しているコマと一緒に掌でつかみ上げると、それも勝ちになる。つまり、相手のコマを床の外にはじきとばす能力と長い間回転する力——リキのあるコマが銘品というわけである。

床の外にはじきとばすには、相撲にたとえれば低く立ち、下から下からと押しあげて前へ出る必要がある。そのためにはコマそのものが低くなければならず、そのようなものをペチャと称した。

コマの下の部分をけずればペチャになり、手っ取り早い方法としてはグラインダーでけずって底を尖《とが》らせればいい。私も父の工場の従業員に頼んで何度かけずってもらったが、コマの鉄質には刺激が強すぎるらしく、いずれもだめにしてしまった。

結局、だれでもしたことだが、一メートルほどの長さの竹の先端にコマをはさみ、竹を押して舗装路を走る。コマの下部が路面との摩擦で徐々にけずれ、何度も繰返しているうちにコマの底の部分も程よくとがり、理想的なペチャになった。

体重のある力士が軽量のそれより有利なように、コマも重い方がいい。初めから鉄質が重くコマそのものが大きいものもあって、これは大モクと言われ、中モク、小モクもあった。コマの上面にコールタールを流して文銭をはりつけて重さをつけたり、クレヨンをローソクでとかして流しこんだりもした。

コマを傾けて廻せば、相手のコマを下からせり上げて床の外にはじき出せるので、私と石井君は必ずそのように廻した。ムキをかける、と称した。時には一方が紐《ひも》を逆まわしにしてコマを廻すと、ふれて火花が散るたびに、コマは互いに回転力を殺し合い、全く同時に寄り添うように停ることが多かった。

そのうちに石井君の家から時折り葬式が出るようになった。まず肺病で父親が死に、母親と姉がそれを追った。健康そのもののようにつややかな顔をした兄も、いつの間にか寝巻を着てふとんの上に坐っているのを見るようになり、やがて、兄の葬式もあって、店は閉じられた。石井君は、地方に住む親戚の人に連れられて去った。肺病で一家全滅や離散する家が多かったが、石井君の家もその一つであった。

「貝の会」でベイゴマをまわしてみると、少年時代そのままにまわすことができ、ムキも自在にかかる。そのことから考えると、少年の頃に余程熱中したのだと、あらためて知った。ただし、翌日は腰が痛く、膏薬《こうやく》を貼って顔をしかめながら時を過した。

道路は、少年少女の遊び場であった。車が、舗装された改正通りを走ることはあっても、家並の間の道に入ってくることなどほとんどない。

女の子たちは道で長い縄をまわして縄とびをし、輪ゴムを連結したものを張り、スカートをひるがえしてそれをとびこえる遊びに興じた。

ベイゴマにつぐ賭《か》けをともなう遊びはメンコだが、ベイゴマのような高等技術は要しない。それでも近所の子供たちとメンコ遊びをした。ベイゴマは紐とともに空き缶に入れるが、メンコは、蜜柑箱に並べて詰める。角メン、丸メン、相撲メンなどがあった。ビー玉は、私が十歳頃、どこからともなく現われ、たちまち普及していった新しい遊び具であった。

男の子の遊びは、動きがはげしく、電信柱や屋根にものぼる。悪漢探偵と称する遊びでは、悪漢の役をふりあてられた少年が逃げ、探偵役の少年が、家並の間を露地から露地へと追う。日没になってもつかまらぬことが多く、それで遊びは終りになって、夕食の仕度がととのっている家にそれぞれ帰ってゆく。

時には、静かな時間をすごす時もあった。

駄菓子屋では、定期入れのような形と大きさをした日光写真を売っていて、それを手に陽光を浴びた縁側などに持ってゆく。

印画紙をケースに入れ、その上に黒い影絵のついたセロファン状の透明な薄紙をのせ、ふたをしめる。ケースの表面を太陽方向にむけて立て、私たちは神妙な表情で縁側に腰をかけ、焼上りを待つ。話をする者はなく、日光写真に時折り視線をむけ、まぶしそうに目を細めて太陽を見上げたりする。

頃合いをはかってふたをとり、印画紙を取り出す。そこには上におかれた薄紙の影絵が茶色く写っていて、私たちはそれで大満足する。そして、別の影絵をえらび出し、印画紙をさしこんで、再び縁側に坐る。なにか厳粛なことに立ち合っているような気分であった。

茶色い土を素焼きにした型が粘土とともに売られていた。型には簡単な動物などの形に似せたくぼみがあり、そこに粘土をつめて天日にさらす。粘土が乾いてかたまり、くぼみからはずれる。これも原始時代の焼物をつくっているような感じであった。

電燈の下で、さまざまな遊び具をつくった。手先が不器用であることはよく知っていたが、それでも真剣に挑戦した。竹トンボなどは駄菓子屋で売っていたが、なんとなく安手で、自分でつくる。肥後守《ひごのかみ》のナイフ一本あれば十分で、竹をけずって羽、芯棒《しんぼう》をつくる。羽には、赤い絵の具を塗った。

模型飛行機づくりも、さかんであった。

玩具店でヒゴ、ヒューム管、ゴム紐、それをかけるフック、プロペラ、車輪などを買い求める。まずやらねばならぬのは主翼、尾翼の枠づくりで、ローソクを立て、水に濡らしたヒゴを近づけ、火熱で曲げる。近づけすぎると焦げて折れてしまう。このコツが私にはむずかしかった。

むろん翼は、左右が正しく相似でなければならない。ヒゴを何度も失敗してだめにし、ようやく翼ができ、胴に相当する長い角ばった細い木にとりつける。それからは簡単で、プロペラ、車輪をつけ、翼に紙を張り、発動機がわりの黒いゴム紐を張る。

原っぱに持って行って、プロペラをまわしてゴム紐をコブだらけにし、初めてそれを放す時の胸のときめきは忘れられない。飛行原理にもとづいたものであるため

江戸時代
享保ころの
海螺独楽遊び
絵本御伽品鏡より写す

か失敗作はなく、模型飛行機は思ったよりも長い間、空を飛んだ。

今は余り眼にすることはなくなったが、戦前の町には、大きな櫓《やぐら》のような物干台が家々の屋根にのっていて、洗濯物がひるがえっていた。

二階の窓から出られるようになっている物干台が多かったが、私の家は平家なので、裏木戸の傍から屋根に雨ざらしの頑丈な梯子《はしご》がかけられていて、それをのぼって屋根の上に伸びた渡り廊下のような踏み板を進み、そこから離れ家の上の物干台に上る仕組みになっていた。

物干台は、夏の涼をとる場所でもあり、遠い花火の見物場所にもなる。夜道を歩いてゆくと、物干台からギター、マンドリンの音などがきこえ、消防車のサイレンや半鐘の音を耳にすると物干台に急いでのぼり、火事はどこかをたしかめる。夜、一人で物干台に行き、仰向きになって満天の星を見上げ、自分の体が星空に浮き上ってゆくような感じを味わったこともあった。

物干台は、私の凧《たこ》あげ場でもあった。

凧あげには、ベイゴマ遊びにもおとらぬほど熱中した。幼い頃には、容易にあげられる一銭凧をあげていたが、奴凧、蟬《せみ》凧、トンビ凧、角凧、六角凧（主産地の新潟地方では巻凧という）に移行し、それらを勉強部屋の鴨居《かもい》にさしたり吊《つる》したりしていた。

幼稚園の卒園記念に、希望の品をもらえることになったが、私はためらうことなく、凧と答えた。デパートで買ってくれた凧は、私が眼にしただけであげたこともない黄色い飛行機凧だった。翼が張られ、胴体は三角形の筒状をしている。このような構造をしたものがあがるのかと疑ったが、機首の下部についた糸を手繰ると、軽くお辞儀をするような動きをしてあがってゆく。感心はしたが、やはり一般の凧の方が魅力があった。

駄菓子屋には、必ず一本ムキというものがそなえられていた。幾分厚い紙に、コヨリのように細く巻かれた一センチ足らずのものが並んで貼られていて、紫色の薄紙におおわれている。一銭銅貨を店の人に渡して、巻かれた紙をつまんでとり、ひろげると、そこに小さな絵がかかれている。厚紙の右手に六種類の絵がかかれていて、それと照合する。たとえば桃太郎の物語の絵なら、桃太郎をはじめキジ、猿、犬、鬼、キビ団子などがかかれ、桃太郎なら五銭、キビ団子は五厘の買物、ということになる。

めったに桃太郎の絵のついたものなどひきあてることはなかったが、たまたまそれがあたり、鯛《たい》の絵のついた角凧を買って喜んで家に走ってもどった。

凧をあげるのに、それを他人にもたせて遠くから糸をくったり、走ったりするのは、技術的に初歩の段階とされていた。一個所に動かず、凧をあおって少しずつ糸をのばしてゆく。さらに、風が強い時はあがるのが当り前であり、糸の張りも強すぎるので興ざめで、微風が最も好ましい。

凧あげは、たしかに正月にさかんだったが、季節に関係はなく、物干台にあがってみると、少い時でも遠く近く三つや四つはあがっていた。

奴凧、蟬凧、トンビ凧をあげるのはた易《やす》く、角凧が最もむずかしい。私は、六角凧が野性味があって好きだった。

糸をのばし、凧があがって小さくなると、糸を物干台の柱や手すりにむすびつけておく。糸をのばしすぎて凧が見えなくなることもあった。

月夜に凧をあげた時、満ちた月の中に凧が入って興奮した。が、徐々に凧は月の外に出て、あらためて月が移動するものだということを実感として感じた。

糸は、赤、白の糸をより合わせたキンカ糸が細くて切れぬので、もっぱら使われていた。むろん大きな凧には太い糸を使う。角凧の上方に弓形をしたうなりをつけると、風に鳴ってうなる。中央をくりぬいた紙を糸に通すと、糸をくるたびに上方へ徐々にあがってゆく。猿が樹に登るのに似ているので、猿と言った。

小石川の方に遊びに行ったことがある。友達が、或る店のウインドウで列車の模型が走っているのを見たという言葉にひかれ、友達の案内で歩いていった。たしかに、ウインドウの中には電気機関車にひかれた客車がレールの上をまわっていた。青い筋のついた二等車と赤い筋の三等車が連結されていて、列車が通過するたびに青い信号灯が赤に変る。その精巧さに私は息をのみ、ウインドウの前で、長い間立って見つめていた。

帰途、広い空地で初めて障子凧を見た。障子一枚の大きさなので、そのように言われていることは知っていた。

丹下左膳の絵が描かれ、おびただしい糸がはられ、大人が三、四人であげようとしている。さすがに凧が大きいので遠くの方におかれ、掛声とともに大人が綱をつかんで後ろ向きに走った。

凧が空に上ってゆく。壮観だった。刀の鯉口を口でかみ切ろうとしている丹下左膳の絵が魅力にみちていた。私は、大人になったら障子凧をあげてみたい、と真剣に考えながら、友達と空を見上げていた。

中学二年生の冬に、開戦になった。

その頃でも私の凧に対する情熱はおとろえず、翌十七年四月十八日の土曜日にも、学校から早目に帰ったので物干台にあがり、武者絵の六角凧をあげた。

北の方向からかすかに爆音がきこえ、見ると、驚くほどの低空で双発の飛行機が近づいてきた。

凧の方向にむかってくるので、からみそうな気がして、あわてて糸を手繰った。草色の迷彩をほどこした飛行機が、凧の真上を通過した。機首の近くに盛り上った銃座があって機銃が突き出し、機の中にオレンジ色のマフラーを首に巻いた飛行士が少くとも二人は見えた。思いがけず、胴体に星のマークが描かれていた。機は、少し右に翼をかしげて谷中墓地の方に飛んでゆく。墓地の桜は満開で、その上をかすめて、消えた。

それは、東京初空襲のドーリットル飛行隊のノースアメリカンB25であった。

ドーリットル隊のアメリカ空軍への戦闘報告書に、奇襲の証拠として、凧も東京の空にあがっていたという記述があるのではないだろうか。それをたしかめるすべはないが、なんとなく書かれているような気がする。

閑話休題

熱狂したものと言えば、雑誌の類もあった。「幼年倶楽部」にはじまって「少年倶楽部」「譚海」を読み、南洋一郎、江戸川乱歩、山中峯太郎、吉川英治などの小説や、漫画の「のらくろ」「日の丸旗之助」「冒険ダン吉」に興奮した。雑誌発売日には、母からもらった硬貨を手に本屋の前に行って、雑誌がリヤカーではこばれてくるのを待っていた。

「幼年倶楽部」を愛読していた頃、「幼倶会」の募集をしていたので、どのようなものかと思い、編集部宛に申込みの手紙を送った。本当に返事がくるのかと思っていると、大きな封筒が送られてきた。中身はなんであったか忘れたが、糸につるされた小さな紙の万国旗があったのはおぼえている。それを、家の離れ座敷に飾って、近所の子供たちを呼んで会をもよおした。「幼倶会」は、「幼年倶楽部」編集部が考案した読者をふやす宣伝活動だったのだろう。いずれにしても、万国旗などが送られてきたことがひどく嬉しかったのをおぼえている。

家の近くに古本屋があり、貸本もおいていた。私がもっぱら借りたのは、立川文庫の講談本だった。旅の途中、女が「あいたたた」と腹痛を訴えて路のかたわらにうずくまっている。シャクを起して、というわけだ。通りがかりの旅人が介抱すると、病気をよそおった女が旅人の金品をかすめ取る。胡麻《ごま》の蝿であったのである。講談本の作者は、女の胡麻の蝿がよほど気に入っていたらしく必ずと言っていいほど登場させ、街道で女が「あいたたた」と腹をおさえている描写の部分になると、また胡麻の蝿だな、と思った。

講談本には、むつかしい漢字がつらなり、丹念にふり仮名がついていて、漢字の読み方をおぼえるのに役だった。

しばしば出てくるのが、「閑話休題」という文句だった。そのかたわらには、「おはなしはかわりまして」という長いふり仮名がついていた。今でも「閑話休題」という文字をみると、「おはなしはかわりまして」と、胸の中で翻訳するようにつぶやくのが常だ。

其ノ十三　白い御飯

太平洋上の戦局が優勢であった期間は、開戦後十カ月ほどであった。

米軍機が東京を初空襲してから、防空演習と燈火管制が本格化した。隣組単位で消火訓練をし、用水槽がおかれ、さらに防空壕が掘られるようになった。

窓ガラス一面に井桁《いげた》や×型に切った和紙を貼りつけることもおこなわれた。ガラスが爆風で飛散し人を傷つけるのを防ぐためだが、そんなものが役立つはずはない。それでも、どの家でもガラス一面に紙を貼り、中には花模様なども入った驚くほど美しいものもあって、装飾でも見るようであった。

夜になると、電燈の笠から黒い布をたらし、光が外部にもれぬよう心掛けた。小範囲の光の下で、食卓をかこみ食事をとった。いつの世でも、メーカーは庶民の求めを敏感に察した新製品を工夫するもので、燈火管制用電球なるものをつくって売り出した。黒い電球で、下部の所だけが、百円硬貨ほどの丸い形で透明なガラス面になっている。電光は、その部分からスポットライトのように下方に落ちる。電球の熱で黒い布が燃えはしないかと不安がっていた父は、家の電球すべてをその異様な電球に取りかえた。

人間は、窮すればそれを打開する策を考え出すもので、知恵のある人が思わぬものを作り出す。平和時なら当然、特許ものである。

タバコの葉を巻く道具など、だれが考えついたのだろうか。いつの間にかどこからか現われ、またたく間に普及した。小さな板と少しの布、それに塗《ぬ》り箸《ばし》のような細い棒だけで、手製の巻タバコが出来上る。後に、その器具は商品化した。

タバコの葉を巻く紙を布の上に置き、葉をのせる。布についた棒で布をたぐると、端に糊《のり》のつけられた紙が葉を巻きこみ、それで出来上る。頭のいい人がいるものだ、と感嘆した。

その紙は英語の辞書の紙が最適とされていたが、それに眼をつけたのも驚くべきことだ。紙類など売られなくなっていて、まして巻タバコに使われるような薄い上質の紙など眼にすることすらできない御時世だった。ところが、それが身近にあったのである。辞書だからページ数も多く、無数にタバコの葉を巻くことができる。

辞書は比較的安い書物だし、古いものならそれほど勿体《もったい》ないとも思わない。小型の辞書だと剃刀《かみそり》で紙を切り取れば、ちょうど二本分のタバコの葉を巻くことができる。三省堂のコンサイス辞書など、タバコの葉とともに煙になったものが多いはずだ。

パン焼き器も、生活になくてはならぬ器具であった。

鰹節けずりの箱よりやや大きな箱の内側に、金属板がはりつけられている。その中に、刻んだ芋類などを入れた小麦粉を水でといたものを注ぎ入れ、ふたをする。金属板には電流がながれるようになっていて、ソケットをさしこむと、やがてふたのすき間から水蒸気が出てきて、蒸し上る。それを外に出し、庖丁で適度に切って食べるのである。

構造は簡単で、不器用な者でも作ることができる。これなどもだれが考案したのか、絶妙な器具であった。

繊維品なども手に入らず、それに応じた工夫がみられた。背広の裏返しということがさかんにおこなわれた。表の布地がすりきれた背広を洋服の仕立屋に持ってゆくと、裏地を表にして仕立て直しをしてくれる。胸ポケットが右側になったり、とじられたりしているので、裏返しをしたものだとわかったが、そんなことは気にかけなかった。また、帽子屋ではソフトの縁の前の部分だけを残して、国民帽につくり直すこともしていた。

あらゆる物資が枯渇し、ことに金属類は消えていた。寺の鐘などが供出され、橋の欄干の擬宝珠《ぎぼし》も取りはずされた。関東地方のある町に行った時、珍しく商店がひらいていて、中に入ってみた。これと言った商品はなかったが、女性の髪をとめるピンを見つけた。紙にさしてあって、少し錆《さ》びている。おそらく、まだ物資があった頃仕入れて、そのまま店に残っていたのだろう。

私は、それらをすべて買い、兄の工場で働いている女の人たちにわけた。彼女たちは声をあげて喜び、一本ずつわけていたが、それほど金属製品は貴重だった。そのため、湯タンポなども陶製のものが現われ、金属製のものより適度な温さで、保温力もあった。

配給食糧品の量は、戦局の悪化につれてわずかになった。野菜なども一週間に一度の割になり、大根一本を数所帯でわけるため輪切りにして分配する。

到底生きられるはずはなく、配給ルート以外の所から食糧品その他を入手する。むろん警察の経済統制はきびしかったが、各家庭ではそれぞれの方法で警察の眼をぬすんでは手に入れた。

私の家の武器は、繊維品であった。

長兄は戦前から綿糸紡績の工場を経営していたが、戦時経済統制令によって工場を閉じ、木造船業に転業していた。旧紡績工場には、休業時にかなりの量の綿糸が残っていて、父は、これを織物工場で織らせ縫製をして上下揃いの作業服を多量に作らせた。繊維品も消えていたので、作業服は物々交換に効果的な役割をはたした。

さすがに米、麦などはめったに入手できなかったが、思わぬものがひそかに運びこまれてきた。最も多かったのは、煮つけられた浅蜊《あさり》の缶詰で、終戦時まで食べつづけた。

海苔の佃煮は、四斗樽につめられていた。それを工場の人たちの弁当箱にオタマですくってわける。コンニャクも水の入った四斗樽の中に重り合って沈んでいた。食糧品以外のものも入ってきて、ウテナクリームとメヌマポマードは石油缶につめられていた。

それらも工場の人にわけたが、クリームはかなり残り、やがて水分が少くなった。叔父が地方から出てきて泊り、髭を剃った後、石油缶の中に指をのばし、クリームを顔に塗った。水気がなくなっていたので、叔父の顔は厚く白粉《おしろい》を塗ったように真っ白になり、私たちは笑い、鏡をのぞいた叔父はあわてて顔を水で洗った。

父は、これも作業服との交換で手に入れた四斗詰の酒樽を押入の中に常時据《す》えていた。夜になると、工場の酒好きの人を呼んでは、片口でうけた酒をコップについで飲む。酔いがまわってくると、父の眼は明るく輝き、口三味線で小唄をうたったりした。

おかしなことに、夜、時折り近くの交番の巡査がやってきた。山梨県生れの口髭をつけ眼鏡をかけた五十近い人だった。巡査は父と向い合ってコップを傾ける。闇物資の摘発につとめなければならぬ巡査にあるまじき行為だが、巡査はおだやかな表情をして飲み、父もその人を警戒するふうなど少しもない。酒を飲む父と巡査の姿が、なんとなくほのぼのした感じであった。

戦局が悪化し空襲が必至となった頃、防火地帯が町にも作られるようになった。広い道の両側にならぶ家々を、ことごとく倒すのである。

勤労動員先の工場への往き帰りに、立ちどまって長い間見物した。兵隊たちが集っていて、まず板壁などをこわして取り除く。露出した一方の隅の柱に太いロープを結びつけ、多くの兵隊たちが掛声をあげて引き、ゆるめることを繰返す。

初めの頃は動かぬが、一回ごとにゆらぐ度合が増し、やがて大きく傾くようになり、土埃《つちぼこり》をまき上げて倒れる。家などもろいものだ、と思った。

その頃になると、家族ごと地方へ疎開する者も目立ちはじめた。家財その他を持ってゆきたいにちがいないが、貨車は軍需物資輸送が優先されていて運ぶ方法はない。そのため、家の外に簞笥《たんす》、茶簞笥、鏡台、ふとん、蚊帳《かや》などを並べ、驚くほど安い売値を書いた札を貼りつけて売っている。が、買ったところで、やがては空襲で焼けてしまうことはまちがいなく、買う者などいなかった。

近くの町々が夜間空襲で焼け、三月十日には浅草も焼けた。今に自分の住む町にも焼夷弾《しょういだん》がばらまかれると思っていたが、予想は的中し、四月十三日夜、町に焼夷弾が投下された。

焼夷弾が落される地域の夜空には、つらなった鬼灯提灯《ほおずきぢょうちん》のような火がゆっくりと降下してゆくのがみえ、下方が明るみ、炎があがる。

私は庭にいたが、突然、裏の家の内部が明るくなり、人影があわただしく右に左に走るのがガラス窓ごしにみえた。焼夷弾が落ちたことを知った私は、バケツに水を汲み、門を走り出ようとした。

その時、父が家から出てきて、

「おれは、震災（関東大地震）を知っている。お前一人で消せるものか。なにも持たず、谷中《やなか》の墓地に逃げろ」

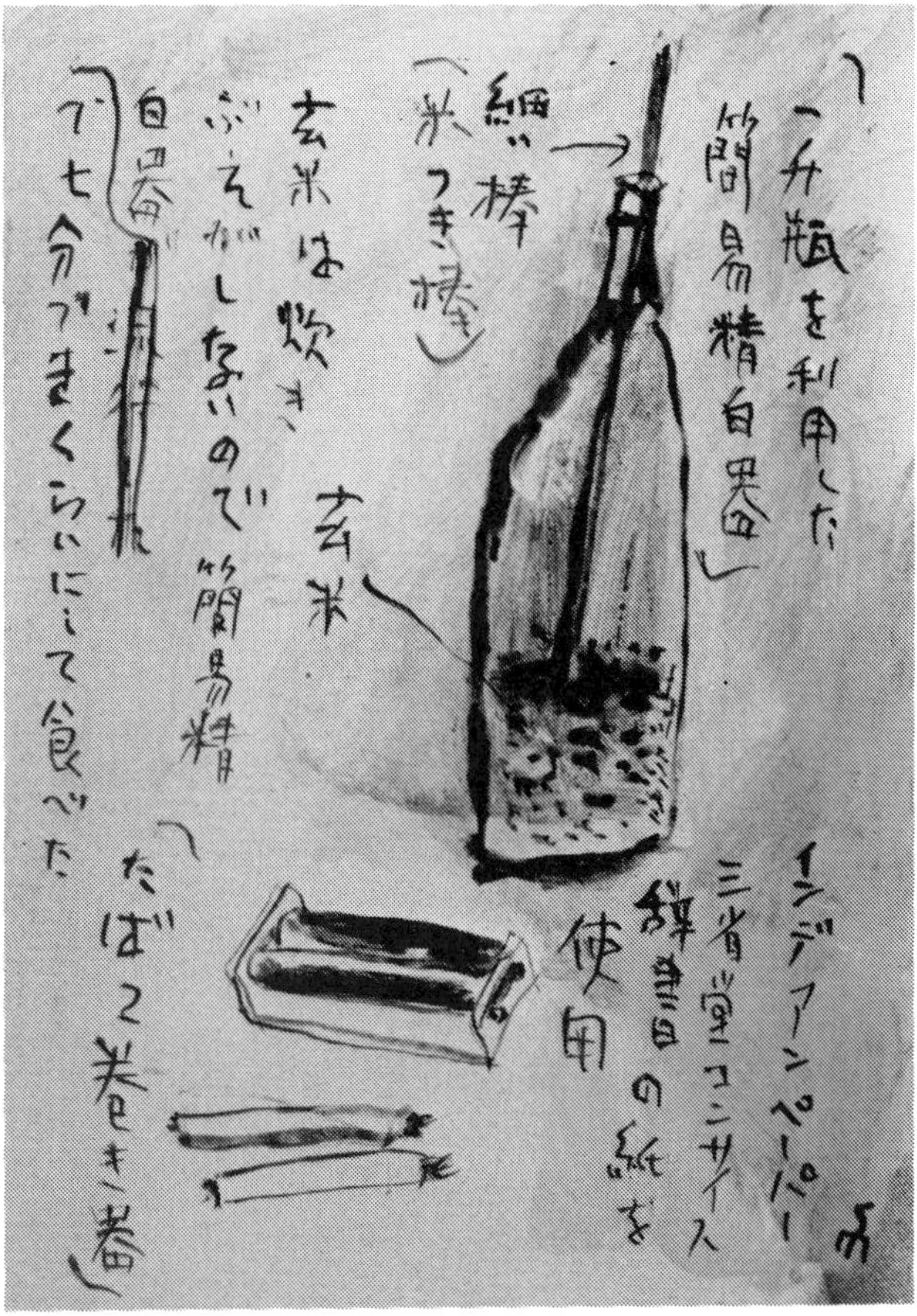

「一升瓶を利用した簡易精白器」
細い棒
（米つき棒）
玄米は炊き、
ぶえだしないので簡易精
白器
で七分づきくらいにして食べた
玄米
インデアンペーパー
三省堂コンサイス
辞書の紙を
使用
「たばこ巻き器」

と言って、手ぶらで門の外へ出て行った。

私は、バケツを投げ出した。なにも持たずに、と父は言ったが、非常持出し用のリュックサックを背負い、さらに掛けぶとんを頭にかけて露地から広い道に出た。すでに多くの人が、道を墓地の方へ歩いていた。

日曜日におこなわれる銀座の歩行者天国を初めて見た時、空襲の夜の情景が思い起された。その夜以前は車道など歩いたことはなく、多くの人たちとぞろぞろ歩くのが、異様な感じであった。

爆弾が二個、つづいて右手で炸裂《さくれつ》し、前方を歩いていた女の人が二人仰向けに倒れたが、すぐに立ち上ると歩きつづけた。

日暮里駅の跨線橋を渡り、五重塔のある道に入った。多くの人が道の端に坐り、墓地の中にも人の姿が見える。

道の両側につづく桜が満開であった。墓地の桜は、毎春、町の人の話題になっていて、三分咲き、八分咲きなどと開花状態が口から口につたわる。が、その年は桜に関心を寄せるゆとりなどなく、私たちが知らぬ間に桜は花弁をひろげていたのだ。

町が炎におおわれたらしく、空が真朱に染った。鮮やかな赤で、その反映で人の姿も道も墓もすべて赤い。

頭上を見上げた私は、思わず短い声をあげた。桜が鮮やかな桃色に染っている。妖《あや》しい美しさで、この世のものとは思えぬ艶《なまめ》かしい色であった。その上を、機体を玉虫色に光らせた超低空のＢ29が、大きな魚のように通りすぎた。

やがてＢ29が去り、夜が明けた。

町にはまだ熾火《おきび》のような炎が残り、私たちが焼跡に足をふみ入れたのは、午後もおそくなってからだった。一郭が奇蹟的に焼け残っているだけで、町は焼野が原になっていた。

人々は、自分の家のあった土地に入って、腰をかがめて一斉に灰かきをはじめた。それは、潮干狩で貝をあさる人たちの姿を連想させた。

平坦な焼土に突き立っているのは、所々にある土蔵と傾いたりしている金庫だけであった。すぐに扉をあけると内部の物が発火するので、火熱が低下するまで待たなければならない。

二日ほどたった頃、土蔵の一つの屋根からかすかに煙がただよい出るようになった。その家の家族はもとより近所の人たちも、土蔵を冷やそうとしてしきりに水をかける。が、煙は徐々に濃くなり、翌日、突然、炎があがり、屋根がくずれ落ちた。

土蔵には貴重な物がおさめられていただろうに、と悲痛な思いでさかんに立ちのぼる火をながめていた。

灰かきも一段落し、十日ほどたつと焼跡に人の姿は消えた。私は、隅田《すみだ》川《がわ》、荒川放水路を越えた地にある父の旧紡績工場の社宅に移り住んだ。

四カ月後、戦争は終った。

社会混乱が起った。農家の中には配給米の供出をしぶる者もあって、配給ルートは乱れ、闇物資が横行した。上野駅あたりでは餓死する者も多く、街娼、浮浪児が歩きまわっていた。

そんな時代でも、生活力のある人たちは、それぞれ知恵をはたらかせて生きていた。

焼跡では、焼けた電柱の所に坐って黙々と仕事をしている男たちがいた。電柱の地中に入っている部分は、むろん焼けていず、それを引きずりあげているのである。引きあげられた柱は太く、そして長い。かれらはそれを家にはこび、鋸《のこぎり》でひき鉈《なた》で割り、薪《まき》にして売る。燃料が欠乏していたので、おそらく高い値で売れたのだろう。

焼跡の水道管を切って多量に持ち去る者もいたし、所々に放置されていた金庫を集め、修復して売る業者もいた。

終戦の年の暮れ近く、工場の人たち数名と秋田県下へ買出しに行くことになった。

先方の人と手紙で連絡をとり合い、こちらからは作業服を持ってゆき、一人が米を二斗ずつ持ち帰る手筈がととのった。私は、十八歳だった。

上野駅へゆくと、列車に乗ろうとする大群衆がつめかけていた。広い構内に人が後から後から押し寄せ、私もその中に身を入れた。体が強く押しつけられ、前へ動いてゆく。床に足先がついていたが、それがはなれて体が浮いたままになった。

改札口で駅員がホームに入るのを制限していたが、群衆は後ろから押しかけて前へ動いてゆく。一人が倒れれば将棋倒しになって大惨事になることはあきらかで、今、思い出しても身がふるえる。

駅員は制止できず、米兵たちが駅の詰所から走り出てきて改札口の上に立ち、自動小銃を上にむけて空砲を連射した。そのすさまじい音で群衆は少し後退したが、再び前へ動いてゆく。そんなことが何度も繰返され、ようやく私は改札口をぬけてホームに入ることができた。が、そこにも線路にこぼれ落ちそうなほど人々がひしめき合っていた。

私は、人の体にもまれながら辛うじて列車のデッキに足をのせ、後から押されて自然に洗面所に入った。洗面台の上には二人の男が立ち、内部は身動きもできない。十名近くは入っていたのではないだろうか。

やがて、列車が動き出した。車内の座席と座席の間にも人が立ち、座席の仕切りの上にも立っている。網棚に腰をおろしている人もいた。

日が没し、眠気がおそってきた。後ろに立っている人が眠って膝が折れると、私の膝も折れ、前に立つ人の体も一瞬沈む。長い夜であった。

秋田県の横手駅についたのは、翌日の午後であった。私は水を飲み、煤煙《ばいえん》ですすけた顔を洗った。そこから支線に乗って大森という町の駅でおりた。改札口には老いた警察官が立っていて、私たちに険しい眼を向けていた。そのあたりは米作地帯で、道の両側には田が果しなくひろがっていた。

小さな宿屋に入った私は、入浴後、食卓につき、白い御飯の盛られた丼が出てきたのに呆然とした。このようなものを口にできる地が日本にあったのか、と不思議でならなかった。御飯を口にした私は、うまいなあ、と思った。味噌汁、漬物も気の遠くなるようなうまさであった。

翌朝、私たちは二斗ずつの米を入れたリュックサックをかついで、一駅はなれた小さな駅から支線の電車に乗った。一緒に行動すると途中で警察官に米が没収される危険が多いというので、分散して帰京することになった。私は二歳上の親しい工場の人と組んだ。

私たちは、近距離列車をえらび、乗りつぐことを繰返して上野方向にむかった。途中でホームに没収された米が山積みされているのを何度か眼にし、身をすくめた。

まさに奇蹟のように私たちは無事に東京の地をふみ、家にたどりついた。他の組の人たちはすでに帰っていたが、一人残らず米を没収されていて、私たちだけが役割を果したことを知った。

四年前、横手市に講演に行った折、駅前にあった三階建木造の宿屋が取りはらわれているのに気づいた。大森町のことをたずねると、支線は廃止され、バス路線が通じているという。電光をうけて輝いていた御飯の白さが、今でも眼に焼きついている。

其ノ十四　台所・風呂

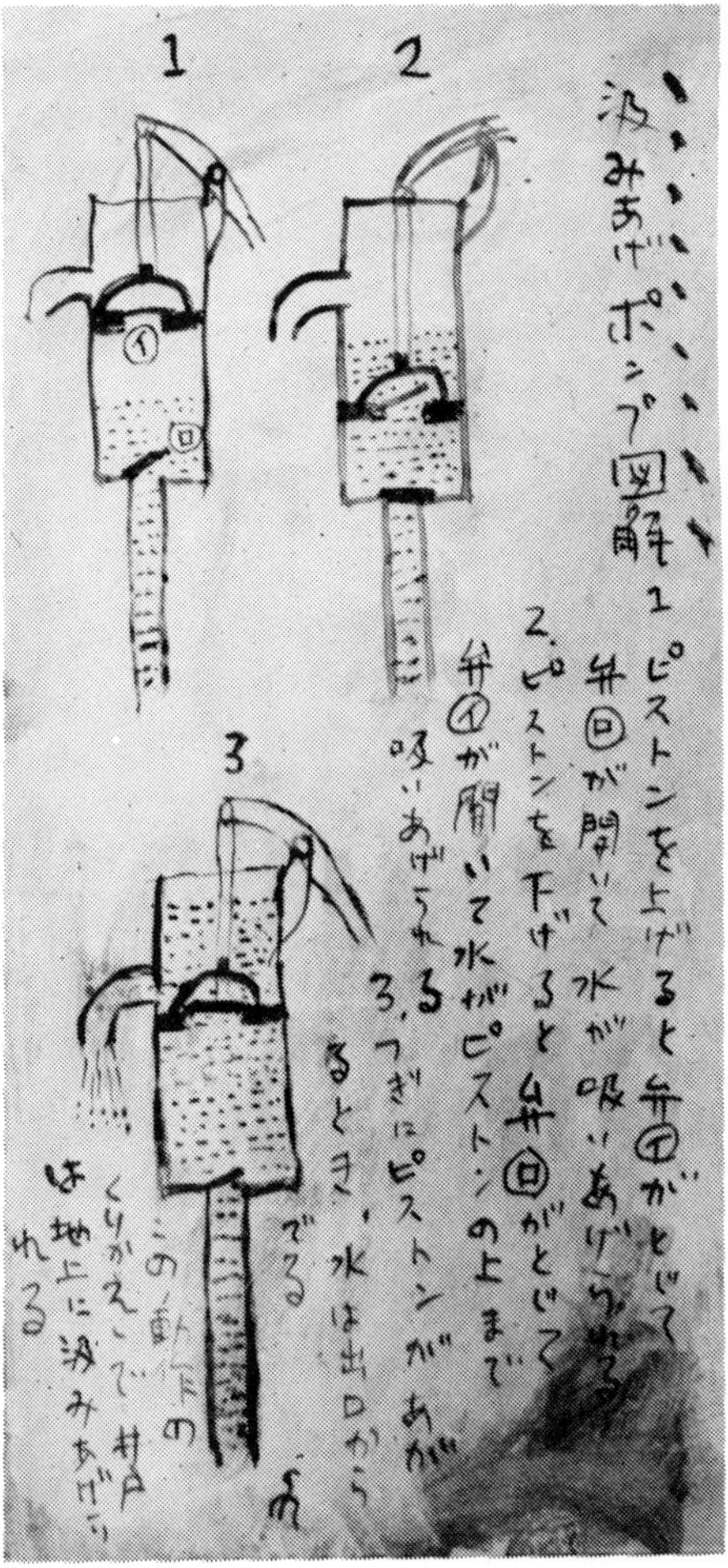

汲みあげポンプ図解
1
2
3
1 ピストンを上げると弁イがとじて弁ロが開いて水が吸いあげられる
2.ピストンを下げると弁ロがとじて弁イが開いて水がピストンの上まで吸いあげられる
3.つぎにピストンがあがるとき、水は出口からでる
この動作のくりかえしで井戸は地上に汲みあげられる

昨年の夏、なつかしいものを眼にして、思わず足をとめた。道の端で大きな氷を、幅の広い鋸で挽《ひ》いている。半ばほど挽くと、鋸を逆にして強く突く。柄の端があたって、直線をえがいて氷がきれいに二つに割れた。

少年時代、夏になると燃料をあつかっていた店が、氷屋になることが多かった。自転車に連結した長いリヤカーに蓆《むしろ》をしいて角型の大きな氷をのせ、蓆をかぶせて家並の間を縫うように進む。私の家の台所には、木製の冷蔵庫がおかれていて、リヤカーが家の外でとまる。

男が鋸で氷を挽き、金具でつかんで台所の戸口までさげてきて、冷蔵庫の上部に入れる。毎日、定刻に氷がはこばれてきた。

台所の引出しの中に氷を割る太い爪の出ている道具があって、それで氷をこまかく割り、三ツ矢サイダー、カルピス、ドリコノや冷奴の器などに入れる。

氷を挽くのをながめながら、現在の台所が戦前のそれとひどく変ったことをあらためて感じた。冷蔵庫と言えば、今では電気冷蔵庫をさす。

醤油なども、台所に醤油樽が置かれ、片口で醤油をとって瓶に入れて使っていた。現在のようにカビ防止の工夫がされていなかったので、上部に青いカビがうかび、それを布でこして取り除いていた。

米飯は、圧力ガマに松炭を熾《おこ》して炊いた。ガスで炊くとうまくないというので、珍し物好きの母が、紡錘形《ぼうすいけい》をした圧力ガマを買って据えさせたのである。

現在では木炭を眼にすることは少くなったが、町には所々に炭屋があった。炭を頼むと、炭屋の男が俵をリヤカーで運んできて、鋸で長い炭を適当な長さに切ってゆく。それを俵につめ直し、物置に入れて去る。

炭屋では、タドンづくりがおこなわれていた。

底の浅い長方形の木箱に、半球状の金網が互いに向き合って並び、その箱が天井の梁《はり》から垂れた紐で吊されている。その金網の中に、粉末にした木炭にフノリなどを加えて丸くしたものを一個ずつ入れて、木箱を前後にうごかす。すると、タドンは、向き合った金網の間を往《い》ったり来たりして、正しい球状になってゆく。それを干して売る。

タドンは料理にも暖房にも重宝がられていたが、それが木炭の粉末であることを知った私は、無駄なものはないのだ、と感心した。

松炭で炊かれた米飯は、たしかにうまかった。現在のように自動炊飯器などなく、水加減、火加減をあやまると芯のある御飯ができたり、柔かすぎるものができたりする。

炊かれた飯は、シャモジでお櫃《ひつ》に移す。冬には、飯が冷めぬように藁を編んでつくった保温器ともいうべきおはち入れの中に、お櫃を置く。釜の底には、多少の差はあれ焦げた飯ができる。香ばしくてひどくうまく、それを握り飯にしてもらって食べるのが楽しみであった。

砂糖は丸い筒状のガラス瓶に、塩は甕《かめ》に入れられ、料理にはよくザラメが使われていた。

砂糖と言えば、お中元、お歳暮にボール箱入りの砂糖が贈り物に使われることが多かった。海苔、味噌漬、酒、サイダー、カルピスなどもあったが、砂糖が第一位ではなかったのだろうか。今では角砂糖を贈る程度で、砂糖そのものは少い。おそらく当時は値段も今より高く、半ば貴重品あつかいされていたのだろう。

贈り物、ことに病気見舞いには鶏卵がよく使われ、それ専用の既製の紙箱があった。

箱のふたに鶏の絵がえがかれ、箱の中に籾《もみ》がらを敷き、そこに卵を埋めるようにして入れる。卵は十個からせいぜい十五、六個で、それが上等の贈り物になった。このことから考えても、当時の鶏卵は今のように大量生産方式がとられていなかったので、貴重品であったことがわかる。現在の価格に直せば、一個三百円以上であったのではないだろうか。

乾物屋に卵を買いにゆくと、店主が卵を笊《ざる》に入れて棒秤《ぼうばかり》で目方をはかり、一個ずつ電光にかざしてまわしながら殻の内部をすかしてみる。新鮮かどうかをしらべているのだろうが、時折り、

「双子だ。黄身が二つ入っている」

と、つぶやくように言うこともあった。

江戸時代の後期に卓越した測量術によって日本地図を作りあげた伊能忠敬《いのうただたか》は、文政元年（一八一八）に結核で死んだが、病床にあったかれへの見舞品も鶏卵であったことが記録として残されている。卵を贈ってくれた娘に対する礼状に、卵を口にしたおかげで咳《せき》もへってきた、などと記されている。また、弟子の間宮林蔵から三十五個ずつ二回、計七十個の鶏卵をもらったことも書きとめられている。その文面

からも、鶏卵が貴重なものとしてあつかわれていたことが知れる。

お弁当には、イリ卵を入れてもらうことが多かった。御飯はいわゆる海苔弁で、醤油にひたした海苔を米飯の間に二層か三層に敷く。醤油がしみた御飯がひどくうまく感じられた。

家の裏庭で、鶏を飼っていたこともあり、チャボや時には軍鶏《しゃも》もだれかが持ってきて、大きな鳥小舎に入っていた。

夜明け前に、鶏は時を告げる。今なら安眠をさまたげる騒音公害といったところだが、朝に鶏鳴《けいめい》はつきもので、町のいたる所で鶏が声をはりあげていた。人々の起床は早かったので、それを苦にする人などいなかったのだろう。

朝、起きて産んだばかりの温い卵を手にするのが楽しみであった。三日に一個程度であったが、同じ場所に寸分たがわず卵を産む鶏もいれば、所きらわず産むものもいる。対照的な鶏を見て、大人になったら、きちんとしたお嫁さんをもらわなければ大変なことになる、と真剣に考えたりした。

台所の入口には、さまざまな商人が顔を出す。月末ばらいのツケを、帳面と言った。

八百屋の店にならべられたものには、その折々の季節を感じた。今ではナス、キュウリなど一年中あるが、その頃はそれらを眼にすると、夏だなと思った。里芋を水とともに入れた四斗樽の上に足をのせた男が、鉢巻をしてX型にした太い棒をまわして芋の皮をとって洗っているのも、よく見られた情景だった。

夏になると、魚屋では、泥鰌裂《どじょうさ》きをしていた。水をはった樽の中に泥鰌が入っていて、身をくねらせながら水面にあがってきては沈むことをくり返している。水面には泡がひろがっていた。

長靴をはき鉢巻をした魚屋の男が、木箱を椅子がわりにして坐り、針金で編んだ手網で泥鰌をすくっては大きなマナ板の上にのせ、人差し指と中指の間で泥鰌をはさみつける。そして、頭部に目打ちをあて、庖丁の背で打ちつけて泥鰌をひらき、内臓、骨をとりのぞいて頭も切り捨てる。ひらいた泥鰌は、小さな平たい箱にならべられ、柳川なべ用として売られた。

泥鰌裂きを子供や大人までが立ちどまって見物している。泥鰌の頭に目打ちの先端が打ちこまれる時、泥鰌がキュッという悲鳴に似た声をもらす。その声をきくと、子供たちは頬をゆるめた。

商店は、拡張や改装をほとんどやらない。八百屋、魚屋、薬局、糸屋、下駄屋などは、私が物心ついた頃から変らず、少しずつ古び、戦争が激化するにともなって店を閉じ、そして空襲で消滅してしまった。

そうした中で、一軒の魚屋だけは例外で、古びた店をこわして新築した。

平らになった空地で、地ならしがはじまった。

丸太を三つまたにして、その上部に滑車をつけ綱を通す。綱の先端には、胴突《どうづき》と称する重い鉄の地ならし具がとりつけられている。

指揮者ともいうべき鳶職《とびしょく》の男が一人いて、丸太のまわりに十人近い手拭を頭にかぶった女たちがそれぞれ綱をにぎっている。女たちが一斉に綱をたぐると胴突が丸太の頂きにあがってゆき、同時に手をはなすと、胴突が落下し、土台石を打ちこむ。

その動きは、男の掛声によってリズミカルに反復される。

「かあちゃんのためなら、よーいとまーけ」

男の声に女たちは、

「父ちゃんのためなら、よーいとまーけ」

と唱和し、綱をたぐって胴突を落す。

男はおおむね美声で、

「巻け巻けいてぇ、よーいとまーけ」

「やんやぁこりゃやぁの、よーいとまーけ」

唐丸籠《トウマルカゴ》と軍鶏《シャモ》、唐丸とはシャモのこと
唐丸籠は江戸時代囚人護送用の籠として使用
シャモの原種は江戸初期シャム地方より渡来したことでシャモという、闘鶏用、肉用に飼育

「も一つおまけに、よーいとまーけ」

と、掛声にも変化をつけ、高音、低音もとりまぜる。

「あらあら来ました、別嬪《べっぴん》さんが。きれいに着かざり、どーこへ行く」

などと言って、通行する娘などを冷やかす。

むろん卑猥なことも口にし、よいとまけの女たちは笑い、立ちどまってながめている者たちも笑う。いつも使っている文句もあるが、即興の文句もあって、女たちが涙をにじませて笑うこともある。重労働にちがいないが、その辛さを男の掛声がやわらげる。

一個所の基礎打ちこみが終ると、丸太を移し、その場で再び「巻け巻いてぇ」がはじまるのである。

大きな家や銭湯などの新築の折には、丸太が二、三個所にもうけられ、互いに声をはりあげ、「よいとまけ」がにぎやかにおこなわれる。

棟上げ式には、裃《かみしも》に袴をつけた男たちが新しい木組みの高い所にあがって、丸餅、紙につつんだ金などを撒《ま》く。子供はもとより大人もまじって争うように拾うが、私はそれを拾うのが恥しく、遠くから見物しているだけだった。

台所の外に、汲みあげポンプ式の井戸があった。が、水道が通じるようになって、台所の流しに蛇口がつけられた。

当時の東京の冬は寒く、毎朝、水道の水が凍った。それをふせぐため水道管に藁や布をまき、熱湯をかけて氷をとかすこともした。

蛇口に布袋をとりつけてある家が多かった。ふくらんだ袋の中から水が出てくる。なぜ、あのようなことをしたのか。袋が茶色くなっていたから、水にふくんだ鉄分をとりのぞこうとしたのか。

水と言えば、夏にはよく行水《ぎょうずい》をした。大きな洗濯用の盥《たらい》に水を張り、裸になって入り、あぐらをかいて坐る。タオルで肩に水をかけたり、時には石鹼を使う。庭に盥をおいて、樹の梢や空を見上げる。蟻が盥のふちにあがってくることもあった。汗にまみれて帰宅した時、行水は快く、いわばシャワー代りであった。

風呂は毎日立てていた。小判型の木の浴槽で、薪で湯をわかす。煙突がついていて、窓の上の板壁から外に突き出ていた。

湯舟の上端に、木のささくれがあった。それが気になってならず、湯に入ったまますさくれをひっぱる。めくれてとれればいいのだが、木目が下にむかっていて、ささくれはとれず、かえって深くなる。意地になって力をこめているうちに、ささくれが驚くほど太くなって収拾がつかなくなった。

大変なことになったと、それを押しつけて湯から出た。つづいて入った兄が、出てくると、

「お前、やったな」

と言って、私の頭を小突いた。

町には、銭湯が数多くあった。なぜか知らぬが経営者は新潟県出身の人が多く、後ろに住宅をもっていた。箱車をひいた男が、古材その他を集めてきて、それをカマドに入れる。

私は、銭湯が好きであったが、家に風呂があるので母は行かせてくれない。それで、昼間、母の眼をぬすんでタオルを手に銭湯へ行った。鶴の湯、玉の湯、大正湯などという銭湯があった。

下足番の男に下足札をもらって、金をはらい、身につけたものをぬぐ。浴場はすいていて、一人きりのこともある。自分の家の風呂からくらべると、ちょっとしたプールのような広い浴槽に思え、友だちが入ってくると一緒に泳ぐ。湯を入れた桶のふちに手拭をはって石鹼をぬり、手拭の中に息を何度も吹きこむと、石鹼の泡が盛りあがってくる。それを飽きずにくり返したりした。

夜になり、母が風呂に入るように、と言う。一日に二度入浴することになり、うんざりしながらも、昼間、銭湯に行ったことを母にさとられるのが恐しく、風呂場の戸を引きあけた。

なにかの都合で、夜、銭湯に行くことを許してくれることも稀にはあった。喜び勇んで、弟と銭湯に走る。さすがに昼間とはちがって客が多いが、友だちにも会うことができるので嬉しくてならなかった。

流しの料金をはらった客には、三助の男がつく。湯をみたした桶を二つ置いて客の石鹼、手拭を使い、三助が手ぎわよく背中や腕を洗う。最後に手拭をひろげて客の肩にかけ、たたいたりもんだりする。ぱんぱんという掌でたたく音が、浴場にひびきわたり、その客が、ひどく豊かそうにみえた。

女の人は、小桶をかかえて銭湯にゆく。中には手拭、石鹼、糠袋《ぬかぶくろ》、布製の垢すり、糸瓜《へちま》、足をこする軽石などが入っている。銭湯から出てきた女の人とすれちがうと、ほのかないい香りがした。男にはなく女の人だけにあるその香が、不思議なものに思えた。

松の内や節分になると、客が番台に小さな袋に入れた祝儀を渡し、脱衣場で働く女にも手渡す。それは、床屋、髪結《かみゆ》いに対するのと同じ感謝の意をしめしたものであった。

戦争が激化すると、燃料が欠乏し、わが家でも風呂を立てることは稀になった。自然に銭湯へ行くことになったが、嬉しいどころか苦痛であった。

超満員で、まず物を盗まれることを警戒しなければならない。ぬいだ衣服を持ち去られた男が、裸で呆然と立ちつくしているのも何度か見た。粗悪品ではあるが石鹸を使った後、洗い場にでも置いておくと必ず消えている。そのため石鹸を手拭でつつんで、それをつかんだ片手をあげて浴槽に入る。中には石鹸を頭の上におくようにして、それをつつんだ手拭を顎の下でむすんで入っている者もいた。

入るといっても、浴槽の中は人の体がすき間なくつまっている。片足さえ入れば自然に体が入ってゆくが、身動きならぬ窮屈さであった。湯を新しくかえることはないので表面には垢が分厚くうかんでいたが、体が温まるだけでもよい、と思っていた。

なにも持ち去られず銭湯を出ることができても、下着には虱《しらみ》がたかっている。それは、満員電車に乗っても同じことで、余り苦にもしなかった。

やがて銭湯を経営している兄の知人の所に行くようになり、後ろにある住宅から浴場に入る。衣服などを持ち去られる恐れはなかったが、人のひしめく汚れきった湯に入るのはいやであった。

其ノ十五　説教強盗その他

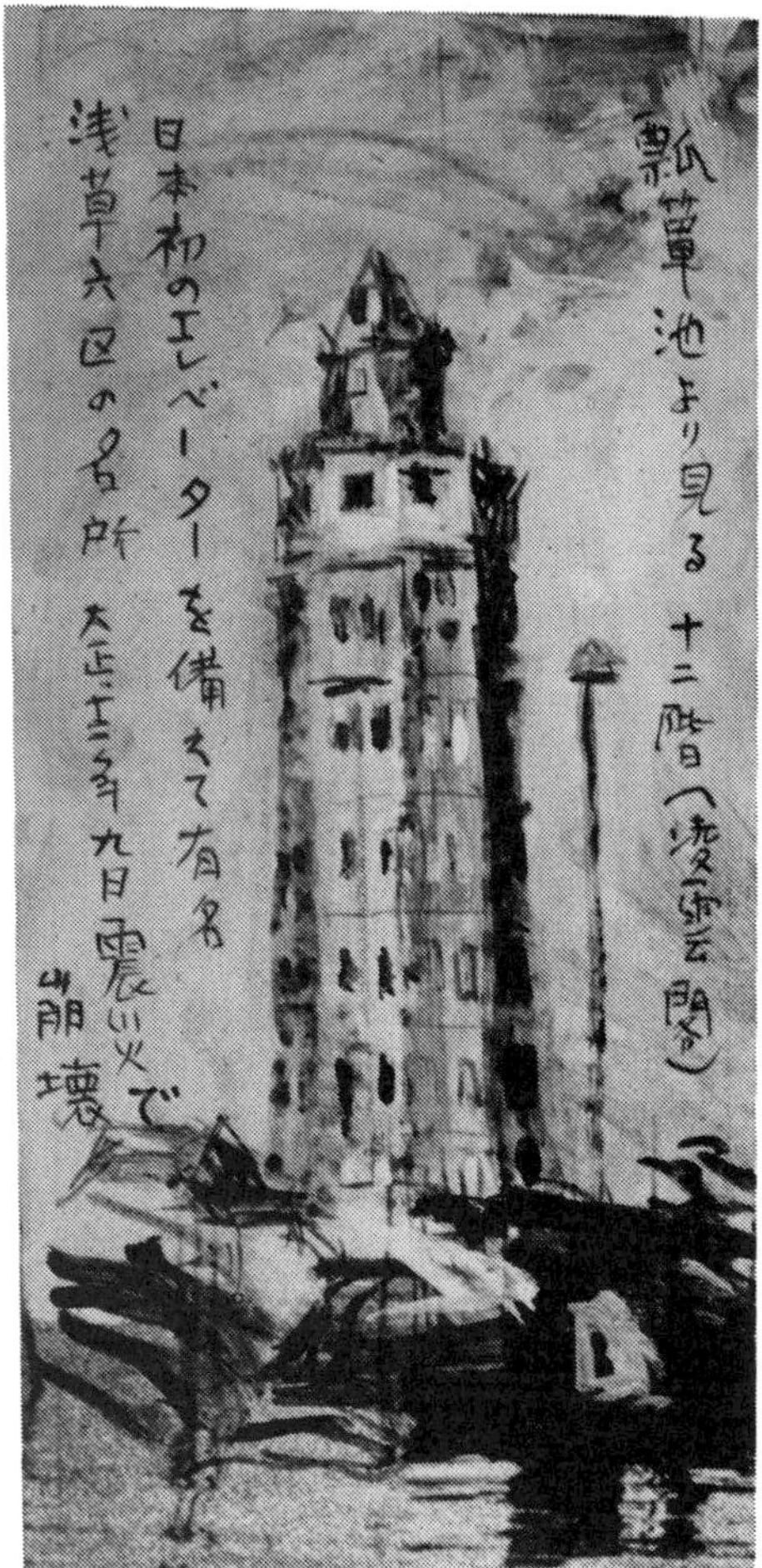
瓢箪池より見る 十二階（凌雲閣）
日本初のエレベーターを備えて有名
浅草六区の名所 大正十二年九日震い火で
崩壊

夕食時に、父が家にいることは稀であった。外で酒を飲み、深夜帰宅し、時には翌日帰ってくることもある。

夜、寝ていると、家の前でタクシーの停る音がする。運転手と交す言葉につづいて、車の発車する音がする。ガラスのはまった玄関の格子戸をたたき、

「キヨジ、キヨジ」

と、呼ぶ。母の名は喜代治で、漢学に親しみ剣道の道場も持っていた母の父が、逆境におちいっても自立できる女にということで、男のような名をつけたときいた。父の呂律《ろれつ》がみだれていて、キュージ（給仕）ときこえることもある。

寝室に入った父が、大きなくしゃみをつづけてするのをしばしばきいた。なぜあんな激しいくしゃみをするのかと不思議に思えたが、私もいっぱしの酒飲みになってから、父がかなり深酔いしていたのを知った。

時には、人を連れて帰ってくることもあった。見知らぬ男なのである。飲み屋で一緒になり意気投合でもしたらしく、上機嫌で家に入ってくる。笑いながらビールなどを飲み、やがて、その人は離座敷《はなれざしき》にしいたふとんで寝る。

午前様で帰ってきた時でも父の朝は早く、工場のモーターがまわる午前七時前には床をはなれ、居間に坐る。それは私たち子供に対する一種の躾《しつけ》というべきもので、工場の人が働いているのに寝ているなどとはもってのほか、ということで、たとえ激しい二日酔いでも率先して床からはなれるのである。

見知らぬ人を連れてきた翌朝の情景は、可笑しかった。離座敷で眼をさました人が気まずそうに居間にやってきて、父といんぎんに挨拶をかわし、母にも「昨夜は……」などと言って頭をさげる。前夜とは打って変った神妙さで、朝食を……という母のすすめを辞して、匆々《そうそう》に家を出てゆく。父の連れてくる人は、なぜか中、小学校の教師が多かった。いつも初顔の人だったが、二度きた人もいた。その人は、頭髪のうすい気品のある面長の人で、名刺には小学校校長の肩書があった。

これらの人の中には、母に、

「家内が、ちょっとうるさいものですから……。お手数でしょうが、私がこちらのお宅に一夜お世話になりましたことを証明するものをお書きいただけませんか」

と、恐縮したように言う者もいた。

「ようございますとも。お安いことです」

母は、硯《すずり》を出し、証明書を書いて判をおし、渡す。

男は押しいただき、内ぶところに入れて出て行った。

父は四十代の、いわゆる男盛りであり、事業も順調で小事業主としての自信もいだいていたのだろう。今流の新聞記事の表現を用いれば「或る待合の女将と親しくしていた」ことも、後になって知った。

小学校から帰ってきて奥座敷の襖《ふすま》をあけた時、端座した母の前で父が平伏しているのを見たことがある。専制君主さながらの家庭内で絶対の存在であった父の思いがけぬ姿に、呆気にとられた。

険しい表情をしていた母が私に眼をむけると、顔にいたずらっぽい笑いの色をうかべ、片眼をつぶってみせた。女の所に泊って帰ってきた父が、母にお灸をすえられていたのだということを、なんとなく察した。

珍しく夕食時に父がいる時は、長火鉢の銅壺《どうこ》で酒を燗し、裂いた松茸《まつたけ》を焼いて醬油につけたものを肴にしたりして飲む。杯をかたむけながら、父は、さまざまな思い出話をした。

関東大震災の記念日である九月一日の夕食時には、必ずと言っていいほど父が家にいた。スイトンを大鍋で煮て家族そろって食べるのが、その日の夕食の習わしになっていた。震災直後は米が欠乏し、小麦粉をこねたスイトンを売る屋台店が各所に出て人々の空腹をいやした由で、父は、スイトンづくりを命じるのである。

激しく大地がゆれた時、父は道を歩いていた。電柱が左右に振子のように傾き、屋根瓦が路上に音をたてて一斉に落ちて土埃で茶色く煙った。家の裏手から走り出てきた鶏が、何度もころぶのをみたという。自宅は焼けず、牛込《うしごめ》の神楽坂に住んでいた母方の伯母夫婦が家を焼かれて避難してきた。余震がつづき、家の外に畳を持ち出して寝たという。当時のことを父が書き記したものが、長兄の家に残っている。

「大正十二年九月一日十一時五十八分、關東地方に大震災あり。幸に工場住宅災害なく、製品は約壹萬貫の貯藏あり。同月十五日全部賣拂ひ金壹萬五千圓の正金を以て大阪に原料買入れに行きたる當時、東海道線不通、中央線不通なりし爲、綿製品一時約參倍以上に昇り、九月より拾貳月迄の利益四萬圓を計上せり。但し震災以前の貸金七千圓之回收不可能なりしを以て、差引純益參萬三千圓の見込なり」

父は徒歩で横須賀へ行き、避難する人たちとともに駆逐艦に乗せてもらって清水港に上陸した。そこから汽車で大阪へむかったが、機関車にも避難民がとりつき、客車の屋根にも乗っていたという。大震災の中でも、父は商人としての意識を持ちつづけていたようだ。

被災した得意先をつぎつぎに見舞いながら歩きまわった父は、本所被服廠跡《ほんじょひふくしょうあと》でおびただしい死骸を見、吉原の弁天池では折りかさなった遊女の焼死体も眼にした。それらの見聞をもとに、大地震で最も恐しいのは、それによって起る火災だと言う。

「たしかに揺れるのはこわい。が、それはすぐにしずまるが、火は、そうはゆかない。死んだ人の大半は、火だ」

事実、その後、記録をしらべてみた私は、焼死五万二千百七十八名、火に追われて川その他で溺死した者五千三百五十八名、計五万七千五百三十六名で、家屋の倒壊その他で圧死した者は七百二十七名にすぎないことを知った。火災によって死んだ人のわずか一・二五パーセント強である。

さらに父は言葉をつづけ、

「なにがいけないかと言えば、荷物だ。大八車で家財を持ち出す者が多かったが、それが道をふさいで燃え、延焼の大きな原因になった。肩に風呂敷包みを背負った人も、その包みが燃えた。今後、大地震があった時は、手ぶらで逃げろ」

と言うのが結論であった。昭和二十年四月十三日に空襲で家が焼けたが、父はその言葉通り、なにも持たずに谷中墓地に身を避けた。

十一年前に、私は、「関東大震災」という記録小説を書き、当時の資料に眼を通したが、荷物が恐しい、と言った父の言葉が正しいことをあらためて感じた。本所被服廠跡では、実に三万八千余という人が焼死したが、その原因は持ちこまれた荷であった。二万坪の避難場所であったその空地に、四万名と推定される人たちが荷とともに入りこんだ。空地が火におおわれる少し前の写真をみると、乱雑な家具置場さながらで、家財の中に人間がいて、瞬間的にそれらが火となり、多くの人が焼け死んだのである。

また、背に包みを背負った人も、包みが燃えて死んでいる。浅草寺《せんそうじ》とその境内が、周囲が残らず焼きはらわれたのに焼失をまぬがれたのは、そこに入ろうと押しかけた人々の手にしたり背にしたりしていた物を、警察官や寺の者がことごとく捨てさせたからである。

現在、地震対策の一つとして非常用持出しの袋などが売られているが、害あって益なしと言っていい。たとえば食料。被服廠跡で奇蹟的に助かった人たちの回想をきいても、翌日の正午頃には炊出し用の粥《かゆ》、握り飯などを食べさせてもらっている。夜は、火で空は赤く染り、道は白昼さながらに明るかった。懐中電燈など無用なのである。ただし、水は必要で、薬缶に水をみたして避難したという賢い人の話はある。いずれにしても、背にしたり手にしたりする物は可燃物で、人を焼死させる因になることはまちがいない。

母が、関東大震災の折の実父——私たちの祖父のことについて話し出すと、父は暗い表情をして口をつぐんだ。祖父は、静岡県下から米をかついで災害見舞いに上京した。東海道線は不通なので中央線を利用したが、東京に入って間もなく自警団にとりかこまれ、激しい暴行をうけた。不穏な動きを朝鮮人がしているという噂がひろまり、祖父もまちがわれたのである。その疑いがはれて祖父は家にたどりついたが、血まみれであったという。

「いつの時代にもお調子者がいる。そのような連中が、お調子にのって騒いだのだ」

父は、にがりきった悲しそうな眼をしてつぶやいた。

父が静岡県下から東京の日暮里町に移住したのは、日露戦争のはじまる少し前であった。その頃、日暮里は葉ショウガの名産地として知られた農村であった。今でも谷中ショウガという名が残っているが、私の少年時代、門に打ちつけてあった古びた標札に谷中本《もと》という地名が書かれていた。近くに鶯《うぐいす》横丁という小道があって、

恋に狂った中年男
鬼熊こと岩淵
熊次郎
逃走四十二日
九月三十日未明
先祖の墓前で自殺

春になると道に面した家々で鶯の鳥籠を軒先につるして鳴く声を競い、矢立に紙をもった町の有志が優劣をきめて記録したという。また、どこで仕入れてきた話なのか、明治維新の上野の山の戦さで敗れた彰義隊の逃走路が、日暮里であったという話も口にしたりした。

父は、夕方の食卓で過去に起った事件の話もしたが、最も熱を入れて口にしたのは鬼熊事件で、私も何度きいても飽きることがなかった。

事件は、私が生れる前年の大正十五年八月に起っている。

千葉県香取郡久賀村出沼の荷馬車ひき岩淵熊次郎（三十五歳）が、多額の金銭を情婦にみついだが、女が他の男とねんごろになったのを知って激怒し、女を撲殺《ぼくさつ》、とめようとした女の祖母にも重傷を負わせて家に火を放った。さらに巡査駐在所からうばったサーベルで、女の味方になっていた商人を刺殺した。警官隊が出動したが、捕えようとした巡査を大鎌で殺し、また張込み中の刑事にも重傷を負わせて山中に逃げこんだ。鬼のような殺人犯の起した事件ということで、「鬼熊事件」と称された。

大捜査陣が組織され、消防団員も動員されて山狩りがおこなわれたが、熊次郎はまさに神出鬼没でつかまらない。かれは機をうかがっては村におり、同情する村民のあたえる食物を口にして、また山へもどることをくりかえした。
新聞は連日この事件を報道し、読者は、醜男《ぶおとこ》で貧しく、しかも純情素朴で村人からも好かれている熊次郎が、警察の大規模な追跡をたくみにかわして逃げることに興奮した。松竹キネマが映画化をくわだて、演歌師は「鬼熊狂恋の歌」を作詞し、
「ああ、執念の呪わしや
　恋には妻も子も捨てて
やむ由もなき復讐の
　名もおそろしや鬼熊と
うわさも久し一カ月
　空を駆けるか地に伏すか
出沼の里の空くらく
　人の心のさわがしや」
と歌って、夜の町を流した。
また、東京日日新聞記者が熊次郎と会見してその記事を発表するスクープもあって、反響はさらにたかまった。
九月三十日朝、のがれられぬことをさとった熊次郎は、先祖の墓の前で剃刀で咽《の》

喉《ど》を切って自殺した。その折、キニーネも服用していたが、それが東京日日新聞記者のあたえたものであることが判明、裁判沙汰にもなった。

「純情すぎた男だったから、人をあやめるようなことまでしたのだ。たちの悪い情婦にひっかかったのが運が悪かったのだ」

四十日も逃げまわった熊次郎がいつ捕われるかに関心をいだいていた記憶が、父の胸に焼きついていたのだが、最後にはそんなしめくくりをした。私には「あやめる」「情婦」という言葉の意味がわからなかったが、その話は活動写真のストーリーよりも面白かった。

説教強盗の話も、しばしば夜の食卓の話題になった。

黒装束で凶器はもたず、夜、中流以上の家に忍びこむ。いんぎんな言葉づかいで「金を出しなさい」と言って出させ、「戸締りをきちんとするように……」とか「番犬を飼いなさい」などと防犯上の注意をして、去る。そのことから説教強盗と呼ばれた。

この怪盗が活動しはじめたのは大正十五年夏からで、昭和四年二月二十三日に逮捕されるまで九十余件ほどの犯行をかさねた。残された指紋が逮捕の原因になった。

「説教強盗、大塚に現わる」などという見出しで新聞に報じられたが、警察陣の必死の捜査にもかかわらず手がかりもない。決して危害をくわえないということもあって、妙な人気があった。そのうちに犯行をまねる二世説教強盗もあって、東京朝日新聞社などは、捕縛者に千円、密告者に三百円の賞金を出すと公告したりした。四年二月六日に、まず二世説教強盗が銀座松坂屋店員の機転で捕われ、ついで説教強盗（左官職・二十九歳）が自宅にふみこんだ警視庁の刑事に逮捕された。新聞は大々的にそのことを報じた。

この経過の詳細は、当時の新聞をひるがえして知ったのだが、説教強盗の逮捕が昭和四年二月であることが意外に思えた。私は昭和二年五月生れで、まだ満二歳にもなっていない。が、私は、父母や兄たちが新聞を読んでは話題にしていたことをはっきりおぼえているし、「またも説教強盗」などという見出しの小さな記事も眼に焼きついている。

おそらく私が七、八歳から十一、二歳の頃の事件だろうと思って、この筆をとったのだが、事件のあったのが昭和二年から四年までであることを知って驚いた。毎日、父母や兄たちが新聞をひるがえし、興味深げに話し合っていたので、幼いながらも強い印象となって残っているのだろうか。不思議でならない。

説教強盗は無期懲役の判決をうけて服役、戦後の昭和二十二年に仮釈放されている。

昭和十年というと私は八歳だったが、小説好きの三兄が、第一回の芥川賞に石川達三氏の「蒼氓《そうぼう》」がえらばれたと熱っぽい口調で話していたのをおぼえている。その後、私も生意気にその作品を読み、ついで尾崎一雄氏「暢気《のんき》眼鏡」、火野葦平氏「糞尿譚」、中里恒子氏「乗合馬車」、長谷健氏「あさくさの子供」、芝木好子氏「青果の市」、直木賞作品では井伏鱒二氏「ジョン万次郎漂流記」、堤千代氏「小指」などを読んだ。

二・二六事件は翌年で、その朝、商業学校に在学中の四兄（後に戦死）が登校するのを、父が、

「授業などあるものか。大変な日なのだ」

と、怒って言った。が、兄はひそかに台所から出て行き、しばらくすると父の言う通り休校だ、と言ってもどってきた。

ラジオでは「下士官・兵に告ぐ」がくりかえし放送され、「今カラデモ遅クナイカラ原隊ニ帰レ」の「今カラデモ遅クナイ」が流行語になった。

それから三カ月たらずで、阿部定事件が起っている。

荒川区尾久町の待合に、三十一歳の田中かよこと阿部定が、料理屋の主人である

四十二歳の男と一週間居つづけをし、五月十八日、定が外出した後、男が絞殺され下腹部を刃物で切りとられているのを、待合の者が発見した。新聞には猟奇殺人事件として報道され、警察では手配書を配布して大捜査を開始した。が、定の行方はわからず、ようやく事件発生後三日目に品川駅前の旅館に潜伏中を発見、逮捕された。待合のある尾久町が私の町から近いこともあって大きな話題になり、夕食の折にもその話でもちきりであった。

しかし、事件の内容が内容だけに、父は、私と弟を意識して肝腎な点についてはふれず、あいまいな口ぶりであった。それでも私は、局所が切られたことを察し、父たちがそれを避けて話すのが可笑しかった。ただし、猟奇という文字の意味がわからず、それは大人だけの世界のことにぞくす言葉だと思ったりした。

現在、普通列車に乗って尾久にとまるたびに、駅標に「おく」と書かれているのが気になる。私の少年時代には、「おぐ」または「おーぐ」と呼んだ。駅標をみるたびに、ちがうのだがなあ、と、胸の中でつぶやく。

其ノ十六　曲りくねった道

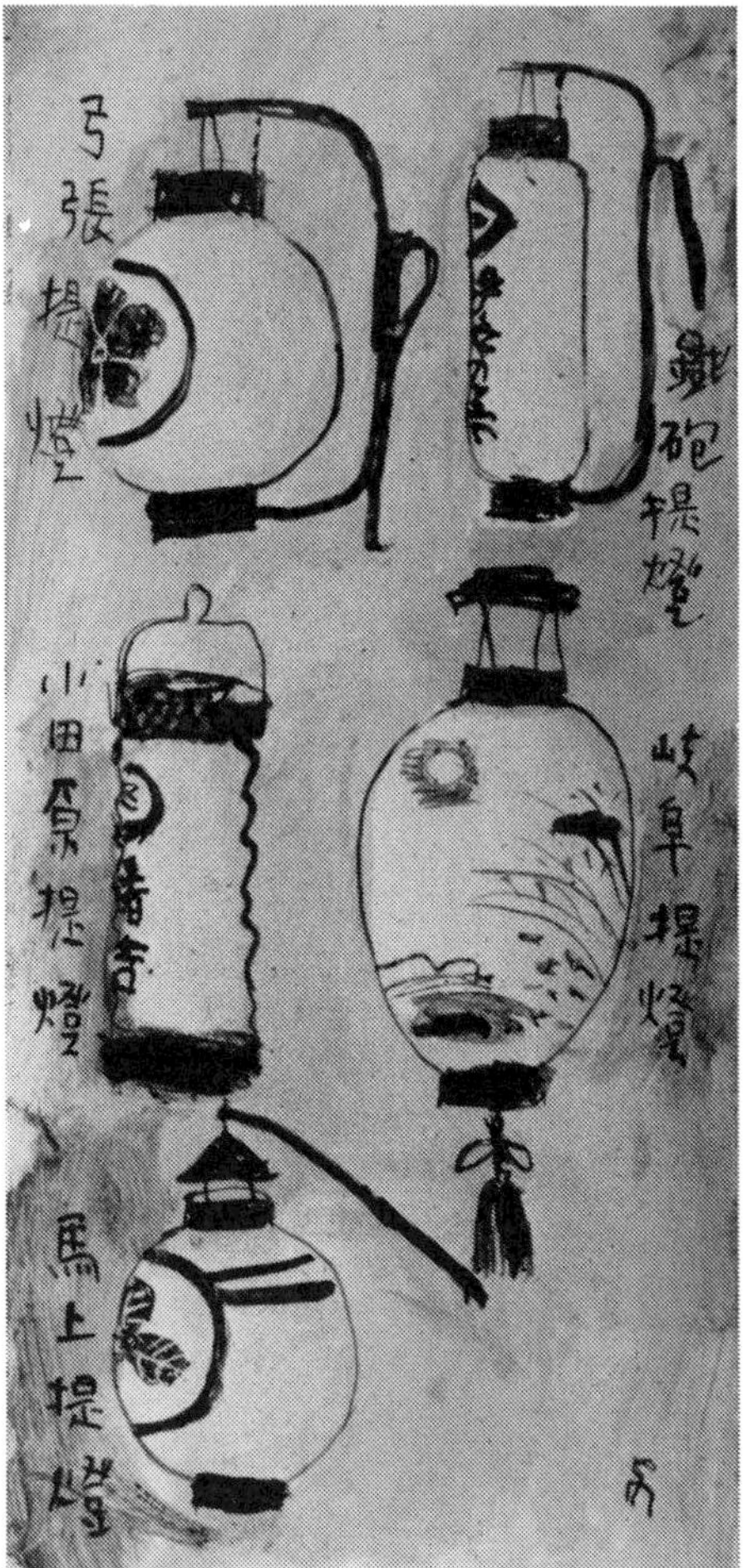

私には、妙な道路感覚とでもいうべきものがある。

東京の銀座、札幌の薄野、京都などの道は碁盤の目のようになっていて、道をたどるのに便利だといわれているが、私の場合は逆である。それらのうち銀座を最も多く歩くが、いつでも目的の店などを探しあぐね、この道か、次の道かと迷ってしまう。なぜかと長い間疑問に思っていたが、十八歳まで住んでいた日暮里とその周辺の町々の道と本質的にことなっているからだ、と気づいた。

それらの町の道は、むろん直線状のものもあるにはあるが、くねくねと曲った道がほとんどだ。蟻の巣の通路に似ていて、さぞ不便だろうと思うだろうが、そうではない。道にそれぞれ個性があって、その印象が眼にしみついていて迷うことなくたどることができるのである。塀から枝ぶりのよい松が道にはり出している家、板ばりの床に精米機をすえた米屋、角材や板の束を立て並べてある材木店、手入れのされた植物にかこまれた植木屋、古びた寺などが道をふちどり、道の匂い、家並からの音もある。

むろん碁盤目の道にもそれぞれに特徴があるのだろうが、整然とした直線状の道がどれもさほど変らぬものに見え、四ツ辻で立ちつくし、途方にくれる。蟻なども巣の通路を碁盤目にでもしたなら、私と同じくどちらの通路をすすむべきか迷うのではあるまいか。

私の生家の前の道は、直線状であった。左方向に歩いてゆくと四つ角があり、それを右に曲ると、早くも道は右手にゆるいカーブをえがいて伸びている。右側には漫画ののんきな父さん、その脇役の正ちゃんの顔を模したカワラ煎餅を売っている店があり、仕舞屋《しもたや》のつづく道を進むと改正通りと交叉した左角に交番、右角に煙草屋をかねた荒物屋があった。

夏になると、その荒物屋に行き、渦巻き蚊取り線香を買ってくるように、と母によく言われた。今とちがって蚊は、蠅とともに夏が近づくと繁殖をきわめ、夕方になると、庭にも道にもほの白い蚊柱が立つ。縁台将棋をするのに、必ずと言っていいほど団扇を手にしていたが、それは風を送るより足もとをばたばたとあおいで蚊を追うためのものであった。

江戸時代に使われていた蚊遣《かや》りは、木の鋸屑《おがくず》、葉などをいぶし、ことに榧《かや》の材片や鋸屑が最もよいとされていたという。が、それは蚊を殺す力がなく、ただ蚊を近づけぬだけのもので、さぞ人間も煙たかったにちがいない。

蚊取り線香が作られるようになったのは、明治十八年に上山英一郎（大日本除虫菊㈱創設者）がアメリカの植物学者から除虫菊の種を得て栽培してからで、葉の茎、花を粉にして糊をまぜてねり、乾燥させて売ったという。除虫菊は蚊を殺す力があり、画期的なものであった。

仏壇で使うのと同じ棒状をしていたが、長い時間消えぬようにということで、上山が渦巻き状のものを試作し、販売して大好評を得た。明治二十八年のことであった。

荒物屋では各種の渦巻き蚊取り線香を売っていたが、母は、金鳥または鍾馗《しょうき》印のものを買ってくるように言った。いわゆる有名銘柄のもので二十五銭、それ以外のものは二十銭だった記憶がある。

蚊取り線香と双璧をなす蚊帳は、寝具店にとって夏の重要な商品で、その売上げいかんが、店の収入を左右したほどであった。古くは棹《さお》にかけていたが、やがて吊り金具を鴨居にかけて紐でつるすようになった。蚊帳は俳句の季語になっていて、加賀の千代女の「起きて見つ寝てみつ蚊帳の広さかな」が思い出される。が、その句は、千代女の生れる九年前の元禄七年に泥足という俳人の選になる句集「其便《そのたより》」にのっていて、作者は浮橋という遊女だという。長い間、千代女の句と思いこんでいた私は、それを知った時、狐につままれた思いがした。

緑色の蚊帳は内部が暗く、朝たたむ時、ひどく重く感じられて嫌いだった。好きだったのは裾が藍ぼかしになっている白い蚊帳で、青い夏がけふとんを腹のあたりまでかけて仰向いて横になると、幸せな気分がし、蚊帳につつまれていることで落着いた気持になった。縁日で買ってきた蛍をはなして電燈を消し、蚊帳にとまっている蛍の明滅する光をながめながら眠りについたこともある。

ホロ蚊帳も、都会では見られなくなった。裾に青い波がえがかれ、その上にカモメが飛んでいる。幼児用のその蚊帳に、少年になってからも足をちぢめて中に入り、午睡をとった。

私がなぜ蚊取り線香、蚊帳についてこのようにこだわるかというと、蚊が大嫌いだからである。蚊が足などにはりついているのに気づいたりすると、身がふるえる。ことに藪蚊は恐しい。たたきそこねた蚊が天井の隅に行って、こちらに顔（？）をむけて見下し、近づく素振りをみせると、いち早く逃げる。幼い頃、親の言いつけを守らぬと、死後、来世は動物になる、とおどされたが、蚊の動きをみていると、人間の生き返りではないか、と信じたくなるほど賢い。と言うよりは狡猾である。そのような蚊を殺す蚊取り線香や入るのをふせぐ蚊帳が、ありがたく感じられるのである。

五年前、日露講和条約を締結した外相小村寿太郎を主人公にした「ポーツマスの旗」という小説を書いたが、条約が締結されたアメリカのニューハンプシャー州ポーツマスに現地調査におもむいた。会議がおこなわれたのは夏で、私は、会議中、日露両全権たちが蚊に刺されはしなかったか、気がかりであった。

私は、ポーツマスの郷土史家に蚊がいるかをたずね、かなりいる、という答えに、

「刺されぬようにするには、どのような方法がありますか？」

と、たずねた。ハーバード大学で日本語を教えている小久保氏が通訳として立ち合ってくれた。

史家は、寝る時は蚊帳つきベッドに入るが、会議中などにはこれといってないという。私なら堪えられないので、蚊取り線香のようなものはないのか、と執拗にたずね、小久保氏も図などを描いて問うてくれたが、そのようなものは実在しないという。

その後、ロシア側の随員の日記に、ホテルの部屋の隅に生の牛肉をおき、そこに蚊がたかるので刺されることが少いという記述を眼にし、ようやく納得した。が、その効果は薄いはずで、日本人の手になる渦巻き蚊取り線香は世界に冠たる大発明品だ、と思った。

荒物屋には、夏なら緑色の金網がはられた蠅たたき、蠅取り紙、竹スダレ、団扇、水撒き用の杓子《しゃくし》、それに夕涼み用の竹製の縁台も売っていた。

薬局は、今と同じように町の所々にあり、店の構造も今と同じで、声をかけると奥の居間に通じるせまい出口から店の人が姿をあらわす。白衣をつけていた。

疫痢で子供が死ぬ確率が高く、親は、食物に極度な神経をはらい、発病することの多い夏では生水よりも麦湯（麦茶）に砂糖を入れたものを飲ませていた。農作物が人糞肥料によっていたので、回虫なども腸に湧く。学校で海人草の煮汁をのむ以外に、家庭でも薬局で売っている虫下しのセメンエンを子供に定期的にのませていた。茶色い粉末で、海人草の汁をうけつけなかった私も、オブラートにつつんでよくのんだ。

抗生物質などむろんない頃なので、消化不良をおこすと、疫痢になるのではないかと母親は半狂乱になる。口からヒマシ油をのませ、近くのタヌキ薬局という大きな薬局で買ってきたイチジク印の灌腸を肛門にさしこむ。イチジクの形をした灌腸器なのでその名がつけられたのだが、私には凶器のように思えた。

発病直後は、医師の指示で白湯《さゆ》だけを口にし、経過が少しよくなると、粥の上の汁をすくった重湯《おもゆ》になる。夕方、家族が居間で食事をとる食器のふれ合う音をきくと、うらやましくてならなかった。二、三日後、医師が、「おまじり」と言ってくれると、恢復が近いことを知って嬉しくなった。重湯に粥の粒がまじっているのでその名がある。やがて粥になり、常食をとることを許されたが、子供も親も大変、医師も大変であった。

風邪をひくと、肺炎になりはしないかと、これまた親も医師も神経をつかう。咽喉、胸に痛みがあれば、湿布ということになり、薬局から缶入りのエキホスを買ってきて、火鉢の上に小鍋をかけ、熱湯の中に缶を沈める。熱いエキホスをヘラでネルの布にのばして塗り、咽喉、胸にはりつける。部屋には、湯気がみちていた。

吸入器が木箱の中から出される。アルコールのしみた芯に点火すると、透明な筒状のホヤから薬液をふくんだ温い霧が吹き出てくる。首から胸にタオルや布をかけて、その前に顔を近づけ、口を大きくひらいて咽喉にふれるよう霧をうける。アルコールの甘みをふくんだ匂いがただよい、時折り、口が疲れて閉じ、ふたたび口を

首に包帯をまきマスクをした女学生

あけた。霧が湯になり、よだれとともに流れ落ちた。

風邪がいえて通学するようになると、マスクをかける。風邪予防にもよいとされ、冬の寒気がきびしい季節にはマスクをかける者が多い。マスク美人という言葉があって、それをした女性がひどく美しくみえ、それだけ口もとと鼻の下部に欠点のある女が多いのだ、と思ったりした。ませた女学生は、風邪気もないのにガーゼのマスクを常用し、その上、首に白い繃帯まで巻き、それがなんとなく痛々しい色気をただよわせていた。

薬局で売る商品も、本質的には今と大差はない。メンソレータムがその頃も家庭常備薬とされていたが、それに対抗してオゾという商品が登場した。薄い円型のブリキの容器は変らぬが、中ぶたを押すと中央にうがたれた穴から黄色い軟膏が出てくる。物珍しいのでかなり売れたが、いつの間にか姿を消した。よく売れる下剤薬があって、その商品名はいかにも効きそうな名で、デル。接着剤にハナレンというものもあった。

歯刷子《はぶらし》は、むろん合成樹脂などない頃なのですべて動物類の毛であった。薄茶色の半透明な長いセルロイドのヘラのようなものが柄についている刷子も売られていた。それは大人用にかぎられていて、舌をこするのに使われていたが、今ではみられない。また歯みがきはチューブ入りのものもあったが、紙袋に入れられた粉が主力であった。私は、粉の方がさわやかな味がして好きだった。

駅に近い薬局の娘は、母親似で色が白く、肉づきがよかった。おおらかな感じの美しい娘で、歯の白さが印象的だった。母親とともにいつもおだやかな表情をしていて、子供心にもこのようなひとをお嫁さんにしたら、一生いらだつこともなくすごせるだろう、と思った。

友だちの家に遊びに行った時、かれの母親が近所の女と茶を飲みながら、その娘のことを話題にしているのを耳にした。銭湯に行ったその娘が、脱衣場で裸になった後、前を手拭かタオルでかくすこともなく入浴し、出る時も同じだという。はしたない、と友だちの母は言い、娘の母親が注意をしないのだろうか、と顔をしかめていた。

私は、肉づきのよい色白の体をした彼女が、浴場を歩いている姿を想像した。おおらかな彼女らしいと思ったが、やはりかくすべき部分はかくすのが常識なのだろう、とも思った。

それから間もなく、娘の姿が店から消えた。よからぬ男に誘惑され、家出したのだという。歩きながら店の中をのぞくと、いつも笑みをうかべていた彼女の母親の顔が別人のように暗く、頬の肉も落ちていた。前をかくすことのない娘は、友人の母親の言ったように女としてのなにか重要なものが欠けているのだろう、と大人の判断の確かさに感心した。

仕舞屋《しもたや》ばかりの住宅地は、ことに道がくねっていた。森閑としていて、道から道へたどるのは気分がよかった。

東京に碁盤目のような道の町づくりができなかったのは、坂が多いからではないか、と、牛込生れのTさんが言った。そうなのかも知れない。日暮里町も平坦なのは二分の一で、谷中台地の上までひろがっている。その中間にはいくつもの坂がある。中学校に入って間もなく移り住んだ家の近くには、谷中墓地へ通じる芋坂があった。上り口の角に江戸時代創業の羽二重団子という店があり、上野の戦さの折に官軍の側から打ちこまれた球状の砲弾が保存されている。店の前には、将軍家とゆかりの深い善性寺があり、私の家はその左手にあった。

根岸方向にゆくと、上野寛永寺門主の輪王寺宮の隠居所のあった御隠殿坂《ごいんでんざか》、日暮里駅ぎわには御殿坂がある。平坦な地域は、畠の中の道が、そのまま人道となったので曲りくねっているのだろう。

道を歩いてゆくと、思わず足をとめる店がいくつかあった。提灯屋もその一つで、五十年輩の色艶のよい顔をした男が、提灯に字や紋を描いている。学校の習字の時間に字を直すと、提灯屋と言われて叱られたが、たしかに男は、字を何度もなぞる。が、字は美しく、自分も提灯屋になりたい、と憧れをいだいた。丸い提灯、細長いもの、時には驚くほど大きな提灯が仕事場につるされていて、男が得意気に太い筆を動かしたりしていた。

御殿坂をのぼると、現在もある佃煮屋が右手にあり、角に交番があって、右に曲ると諏方神社へ通じる。中学校への通学路であった。

寺の多い道で、小学校三、四年生の頃、その右側に突然のように平家建の木造の家が建った。板塀に柱だけの門がついていたが、太い門柱にニコニコ会館と墨書された大きな板がかけられていた。

精神修養の道場らしく、近所の家の主人が夜明け前にそこへ通い、冬だというのに裸になってすごすようになった。乾布摩擦が健康に良いと言われ流行していたので、それに類したものかと思っていたが、近所の主人は悪性の風邪をひきこんで長い間寝つき、それに懲りて通うのをやめた。

そのうち、ニコニコ会館の実態を知った。会館の主《あるじ》が小学校に幟《のぼり》のついた竿を手にやってきて朝礼で挨拶をした。半ズボンをつけただけの裸身で、顔は寒風にさらされているのだから全身を顔にすれば、裸でも寒さなどこたえぬ、という。教師たちは可笑しそうに頰をゆるめていた。さらに会館の主は、笑いの効用を説き、

「さあ、大声で笑いましょう」

と言ってはじけるような笑い声をあげ、私たちもそれにならい、本当に可笑しくなって笑った。私は、ニコニコ会館という名が、笑うことからつけられたのを知った。

会館は繁昌しているらしく、人の出入りが多くなった。館主は、上半身裸で町の中を笑い声をあげて歩きまわり、やがて山手線の電車の中でも姿をみるようになった。私はみなれていたが、車内の人たちは頭がおかしい男とでも思うのか、おびえをふくんだ驚きの眼をむける。館主は、それらに無頓着で車内を笑いながら歩いていた。

戦争が終って間もなく、有楽町を幟を手に歩いているのをみた。進駐軍の兵士たちは呆気にとられ、大きな笑い声をあげて歩く姿に、あいまいな笑顔をむけていた。館主は、少しも臆する風はなかったが、さすがに食糧不足で痩せていた。

十年ほど前、青森県の大鰐駅のホームで笑い声をあげているのをみた。健康そのものであった館主も、顔に皺がきざまれ、短い髪も白くなっていた。同じ日暮里町

の出身だ、と声をかけたい気もしたが、そんなことを言ってみたところで、ワッ、ハッ、ハッと笑うだけであるような気がして近づくこともしなかった。

線路には、さかんに雪が降っていた。

其ノ十七　捕物とお巡りさん

受験戦争だ、という。少年、少女が受験勉強に追いまわされ、可哀想だ、という。が、はたしてそれは今にかぎってのことか。私は昭和二年生れの五十八歳だが、いわゆる少年時代、受験のための勉強に追われたし、私以外の少年、少女も同様だった。

私が小学校に入ったのは、昭和九年である。

町に学習塾などはさすがになかったが、算盤《そろばん》塾が各所にあった。算盤による計算が小学校の正課にとりいれられていて、教室の黒板に横二メートル近くもある大きな算盤が吊され、教師が大きな玉をうごかして計算方法を教える。五つ玉のほかに四つ玉の算盤が登場しはじめていた。

その計算に上達しようと、生徒たちは算盤塾に通い、それが一種の流行になっていた。おそろしく計算の巧みな友人がいたが、きまって算盤塾へ通っていて、一級とか二級の免状をもらっていた。私も、おくれをとるまいと二、三度のぞいてみたが、土間に運動靴、下駄がすき間のないほど並び、部屋にも少年、少女がひしめくように坐っていて、それに気おくれして入塾することはしなかった。算盤は黒い布袋に入れ、ランドセルの上方の端から先の部分を突き出して学校へ通った。

絵をえがく科目は図画と言われ、学年ごとに絵のお手本を印刷したものが教科書になっていた。それを見ながら図画用紙にクレヨンや絵の具でえがく。クレヨンは王様クレヨンというのが最も上質で、値段も高かった。

このようにお手本そのままにえがくのは、日本画を習う方法を採用したにちがいない。現在では自由に対象をえがき、当時の小学生の絵とは比較にならぬほど水準が高い。絵画教育については、戦後教育の方が格段にすぐれていることはたしかである。

習字はお習字と言って、正課であった。硯《すずり》と墨の入った黄色い長方形の箱を文房具店で売っていて、半紙を入れた紙ばさみとともに手にさげて学校へ行く。筆は竹製のスダレ状のものに巻き、これもランドセルの端から出した。

授業がはじまる前に墨をおろし、お手本の習字帖を見ながら黄色い半紙に字を書く。教師がそれに朱を入れ、丸印をつける。丸印の多いものは、教室の壁に貼り出された。特に上手な生徒は、学芸会で仮舞台の上で膝をついて書き、立って父兄に見せたりした。

家業がそば屋の友人は、学業は中以下であったが、習字の時間になると、ほめることをほとんどしない教師が、必ず激賞する。私の眼にも、その字はのびやかなものにみえた。かれの家には生《き》そばという看板がかけられ、店内にはもり、かけ、おかめなどという品名を書いた札が並び、それらを、私はかれの親が書いたと思いこみ、親の血をうけついだかれは、生れつき字を書く才にめぐまれているのだろう、と真剣に思ったりした。

そのうちに、かれの口から書道の先生のもとに通っていることがもれ、ようやく字のうまい理由を知ることができた。私は落着かなくなり、かれに教えてもらって斎藤朝山という先生のもとへ通うようになった。まだ三十代のチョビ髭をはやした先生で、いかにも地方出らしい肉付きのよい温和な奥さんがいた。

先生は書道を教える前、論語、孟子を素読させる。通っているうちに、先生の所属する泰東書道院の展覧会があり、少年の部に出品することになった。大きな円型の硯に玄之又玄という墨を長い間おろし、太い筆にたっぷり墨をふくませて書く。正しい心、という字で、それが少年らしい字だったのか、賞状とメダルをもらった。

斎藤先生のもとには二年ほど通っただけでやめた。受験勉強で忙しくなったからである。家庭教師についたり、日曜日に模擬試験をうけに行ったりした。小学校では、授業が終った後、教師が夕方暗くなるまで受験のための補習をしてくれた。テストがしばしばあって、成績がグラフにされ、これも教室の後ろに貼り出された。

そうした風潮を反映して「試験地獄」という映画が封切られた。片山明彦ふんする小学校六年生の主人公が、親の期待を重圧に感じながらも受験勉強にはげみ、中学校の入学試験をうける。が、不合格になって、落胆した主人公が鉄道の線路ぞいに歩いているのを、危うく保護されるという筋だった。

それを観てきた母は、

「期待するのは子供にとって重荷になる」

と、暗い眼をしてつぶやいていた。

中学校に入ると、早くも上級学校受験の準備がはじまった。遊ぶことはしても、机に夜おそくまでむかうことが多かった。

個人指導をうけたこともあり、太平洋戦争がはじまって間もない頃には、夜、三十分ほど歩いて東京物理学校（現東京理科大学）出身の人の家に数学の教えをうけるために通った。

その家を出るのは十時頃だったが、或る夜、珍しい情景を目撃した。

人気のない道を歩いてゆくと、電柱のかげから鳥打帽をかぶった男が出てきて、

「ちょっと、停れ。その家の軒下に入っていろ」

と、低い声で言った。

鋭い眼をした男で、私は、言われるままに軒下に入った。男が何者か、とっさにはわからなかったが、服装と命令口調の言葉に刑事らしい、と察した。

暗い軒下からあたりをうかがってみると、家の板壁に身をはりつけたり、大きなゴミ溜めの箱のかげにしゃがんだりした男たちがいるのに気づいた。刑事たちであることはあきらかだった。

かれらがどのような目的をもっているのかのみこめなかった私は、かれらの視線が三十メートルほど先の左手にある家にそそがれているのを知った。構えのがっしりした大きな二階家であった。

私の歩いてきた道を近づいてきた男が刑事に呼びとめられ、私のいる軒下に入ってきた。いぶかしそうな表情をして落着きなく私に眼をむけたが、ただならぬ気配を察したらしく口をつぐんでいた。

突然、異様な物音と叫び声が、入りみだれてきこえてきた。それは前方の家の二

階から起っていて、荒々しく雨戸がはずれ屋根に落ちた。部屋の電光が流れ、内部で人が狂ったように激しく動きまわっているのがみえた。

雨戸の間から二、三人の男がとび出してきて、屋根から路上にとびおりた。それを下で待っていた刑事たちがとりおさえ、組み伏せた。

やがて二階の部屋が少し静かになり、刑事らしい男が雨戸の間から下をのぞいたりしていた。私は、ようやく捕物であることに気づいた。

階下のガラス戸がひらき、縄で数珠《じゅず》つなぎにされた男たちが、よろめきがちに路上に出てきた。着物は乱れ、半裸になっている者もいた。かれらは、刑事たちにかこまれて私の立つ前を通りすぎていった。顔から流れている血も見えた。

「バクチ場を踏み込まれたんだ」

かたわらに立っている男がつぶやくと、軒下をはなれた。私もそれにならい、道を歩いていった。

活動写真や新国劇の捕物シーンよりも、はるかに迫力にみちていた。静寂のあとの突然の物音。警察では、バクチがその家で開帳されるのをあらかじめ察知し、刑事たちをひそかに配置したにちがいない。おそらく裏口からでも忍びこんだ刑事が部屋にふみこみ、バクチの現場をおさえたのだろう。一網打尽という言葉そのままの捕物に、私は家に帰ってからも胸の動悸がやまなかった。

警察官に対する印象は、少年の私にとって二つの面をもっていた。一つは親しみで、それは身近に若い警察官がいたためであった。

かれは、新築したばかりの長屋の一つに住んでいた。東北なまりの頰の赤い誠実そのものの人で、整った顔立ちをしていた。近所の人が挨拶すると、姿勢を正して挙手する。朝、丼鉢を手に、売りにくる豆腐を買ったりしていた。独身だった。

或る夜、かれの家で十人近い者の集りがあり、路上に笑い声ももれていた。髪にかんざしをつけた若い女が酌をし、かれは酔いで顔を赤らめていた。結婚披露の宴が自宅でもよおされていたのだが、嫁いできた女も東北なまりで、翌日から地味な着物を着、障子の桟《さん》にはたきをかけたりしていた。窓格子ごしに、二人がむかい合って食事をしているのをしばしば見た。

かれに対する好ましい印象もあって、警察官は別に恐しいとは思わなかった。

時折り、路上などで一銭硬貨をひろうと、私は、必ず近くの交番へ持ってゆき、

「落ちていました」

と言って、警察官にさし出す。

警察官は一応、場所などをたずね、少額のものは拾った者の所有にしてよいとい

空襲にそなえて
防空壕を掘り
砂袋、
火たたき
水槽、シャベルを
用意する
防空頭巾
モンペ姿

う規則でもあったのか、

「よし。正直でいいぞ」

などと言って、時には頭をなぜて渡してくれる。友だちと二人である場合は、五厘ずつわけた。

渡してくれるからとどけるのだが、時として、

「そうか」

とつぶやき、硬貨を机の引出しなどにしまう警察官もいた。

私は立ちつくし、頭をさげて交番をはなれる。せっかく持っていったのに……、と割り切れない気持で、石頭のお巡りさんだ、と恨めしく思った。

今と同じように台帳を手にした警察官が家々をまわっては、居住者の異動をしらべてまわっていた。手を後ろにくんで、散歩でもするように歩いている警察官もいた。

不衛生なものの監視もしていたらしく、駄菓子屋などにもよく立寄る。夏になると、警察官は、白い制服に白い布のおおいをつけた帽子をかぶっていて、水で冷やしたラムネの瓶を一本ずつ取り上げては、陽光にかざす。浮游物《ふゆうぶつ》がないかどうかをしらべるのだが、店の女は正坐して気づかわしげに見つめていた。

戦争がはじまり、物資が不足して配給制になった頃から、警察官が急に恐しい存在に思えてきた。配給外の、いわゆる闇物資が流れ、それをひそかに入手しなければ生活してゆけない。警察では、統制令にそむくそれらの闇物資を摘発するため、きびしい取締りをおこなった。

駅には警察官がいて、リュックサックなどを背に改札口から出てきた男女を鋭い声で呼びとめる。農村で衣類などと交換に手に入れた穀物や芋をはこんできたのだが、その場で容赦なく没収される。顔を青ざめさせた男女が警察官の質問に答えている情景は、日常のものになった。警察官も人間であるかぎり配給の食糧だけでは生きてゆけるはずはなく、ひそかに闇の食糧を手にしているのだ、とは思ったが、そんな理屈はともかく、警察官は恐しかった。

家の近くに住む警察官は出征し、乳のみ子をかかえていた妻は、長屋から姿を消した。東京はすさまじい食糧不足の生活にさらされていたので、実家へもどっていったのである。

戦局の激化にともなって、警察官の出征が増し、町の中を台帳を手に歩く姿もみられなくなり、警察官の顔は刺々しく変っていた。

中学校の三年先輩で東京美術学校（現東京芸術大学）の学生であった八藤清さん

と、栃木県栃木市に近い大平山に行った。百キロ以上の距離の乗車切符の入手はむずかしくなっていたので、近距離の日帰り旅行をくわだてたのである。八藤さんは、画板を肩からさげていた。

神社に参拝した後、なだらかな山を歩いてゆくと、鶯の声がしきりで、戦時とは思えぬのどかさだった。八藤さんは、立ちどまって絵をかき、私は黙って近くに坐っていた。

地図をたよりに小さな村に降り、水を飲ませてもらいに農家へ入った。数人の男が、茶を飲んで談笑していた。その明るい雰囲気に、私たちも大胆になって、なにか畠でできた物をわけて欲しい、と頼んだ。

その家の主人が、思いがけず気軽に応じて、小豆と小麦粉を袋に入れてくれた。私たちは、喜んで金を払った。私たちが学生なので、食糧をゆずってくれる気になったのだろう。茶を飲んだりしているうちに、夕方になった。

私たちは、国鉄の駅まで歩き、列車に乗った。上野駅についた頃は、夜もおそくなっていて、日暮里駅で八藤さんと別れた。

駅の改札口を出た私は、寝静まった道を小走りに歩いた。肩にしたリュックサックの中身が気がかりだった。交番をさけて家に帰ろうと考えはしたが、露地から露地へたどって行くうちに警察官に出遭って呼びとめられそうな気がした。それよりも堂々と交番の前をすぎた方が見とがめられずにすむだろう、と思った。

闇に近い道の前方に、交番の赤い灯が見えてきた。

胸の動悸がたかまった。交番の前を通るのは大胆すぎる、と反省した。道を引き返そうかと思ったが、疲れていることもあって、一刻も早く家に帰り、寝床にもぐりこみたかった。

交番に近づいた私は、警察官が入口に出てきて、こちらに顔をむけるのを眼にした。体が冷えた。私は、前方に顔をむけながら通りすぎようとした。

「おい」

と声がし、私は立ちどまった。

警察官が、手まねきしている。私は、自分の顔から血の色がひくのを意識しながら近寄った。

かれは、私の顔を見つめた。眼の光から察して、あきらかに私が違法の食糧品をリュックサックの中にかくしているのを見抜いているように思えた。

「その中は食糧だな」

かれの眼は、私に据えられている。

冷水を全身にあびせかけられたような気がした。

「はい」

私は、ふるえをおびた声で答えた。今にも激しい怒声がかれの口からふき出そうな予感がした。小豆と小麦粉を没収され、始末書も書かせられるだろう。

かれの視線が、私からそらされた。手が動いた。それは、意外にも立ち去れという仕種で、かれは、黙ったまま背をむけると交番の中に入って行った。

私は、おぼつかない足どりで、交番の前をはなれた。なぜかわからぬが、眼に涙がにじみ出た。

数日後、交番の前を通った私は、その警察官が入口に立っているのに気づいた。自然に学生帽をとって頭をさげると、警察官は素知らぬように顔をそむけた。かれの制服は黒かったから、町が空襲で焼きはらわれる前年の晩秋あたりのことであったのだろう。

半年ほど前、久しぶりに八藤さんに会い、

「大平山に行って、帰りに小豆をわけてもらったりしましたね」

と言うと、八藤さんは、

「そんなことあったかなあ」

と、首をかしげた。

深夜、警察官に呼びとめられた記憶が鮮明に残っているので、その日帰り旅行をおぼえているのだが、それがなかったら私も忘れてしまっていただろう。闇の中に光っていた交番の赤い灯が、今でも眼に焼きついている。

其ノ十八　戦前の面影をたずねて

戦前には、両親をはじめ大人たちが過去を語る時、「震災前」「震災後」という言葉を口にした。東京に住んでいた者たちは、大正十二年九月一日の関東大震災を時間の大きな節目にしていた。それが私たちの世代になると、大東亜戦争と称された戦争が敗戦によって終結した昭和二十年八月十五日がそれに相当し、「戦前」「戦後」という言葉を使う。戦後四十年が早くも過ぎた。

この連載随筆も、いつの間にか十七回書いてきたことになる。執筆前は七、八回で書くことが尽きるのではないか、と予測していたが、そのうちに記憶が次々によみがえって、まだ書くことはある、と自らに言いきかせて筆を進めてきた。それも数回のことで、その後は記憶をひねり出すのに苦しみ、ようやくここまでたどりつくことができた。このようなたぐいのものは無理に書くべきではなく、今回で連載の筆をおくことにしたが、丁度頃合い、という気持である。つまり最終回というわけで、随筆の舞台にした日暮里町とその周辺が現在どのようになっているかをさぐるため、あらためて歩いてみることにした。

むろん町とその周辺は戦災で焼きはらわれたが、焼け残った個所も意外に多い。それらの地を歩くと、四十年という歳月がたちまち短縮される。たかが四十年じゃないか、とも思う。

山手線の田端、日暮里間に新設された西日暮里駅で降りた私は、駅の横にある間《ま》ノ坂をのぼった。西日暮里の道灌山にある中学校への私の通学路であった。

坂をのぼりきると、左手に諏方神社がある。毎年八月下旬の祭礼には、今でも境内から日暮里駅方面に通じる参拝道に縁日の露店が隙間なく並ぶ。鳥居を少しすぎた左手に煙草屋があり、その隣家に日暮里、谷中の生字引と言われる史家の平塚春造氏（八十四歳）が住んでいる。日暮里町に住む私の次兄が親しくさせていただいている方で、氏のお話をきくため上りこんだ。

この随筆連載の中で、鳥居の前に久保田万太郎氏の借りた家があったことを書いたが、平塚氏の話で私の記憶ちがいであることに気づいた。私がよく訪れたのは大学教授を父に持つ友人の持家で、久保田氏はその隣りの借家に住んでいたのである。友人が「隣りの家に久保田万太郎という小説家が住んでいた」と言ったのを、かれの家と錯覚していたらしい。

久保田氏の借りていた家は立派な二階家で、石をつんだ上に檜の板が張られた塀にかこまれ、門は屏中門であったという。日本画の大家橋本関雪氏もその家を借りていたことがあり、今では、その場所に小さなマンションが建っている。つまり久保田氏の住んでいた家は現存していない。

この附近一帯は戦災をまぬがれていて、戦前の面影が色濃く残され、平塚氏の家の前を下っている細い坂も変りはない。初めは名のない坂であったが、坂の下に畳屋があったことから畳坂、土中から骸骨が出たので骸骨坂、妙隆寺に通じることから妙隆《みょうろ》坂と変り、昭和二年頃に富士見坂と名づけられ、現在に至っているという。

平塚氏の家を出て参拝道を進むと、右側に戦前そのままの二階家が並んでいる。二階にスダレが垂れ、軒下には植木鉢がいくつも置かれている。左手には、道に面していたニコニコ会館が露地の奥になっていた。

平塚氏の話によると、ニコニコ会館の館主及川清氏は、東洋的な身体健康法である自彊術《じきょう》を修得し、羽織、袴に十徳頭巾《ずきん》をかぶって一条公爵家などの名家にも出入りしていたという。諏方神社境内で早朝おこなわれていたラジオ体操会に、及川氏も加わるようになった。

「及川さんが裸になったのは、昭和十二年です」

平塚氏の言葉が、なんとなく可笑《おか》しかった。

及川氏は、全身を顔にをモットーに、上半身裸で笑いながら冬は北へ、夏は南へ足をむける。厳寒期にオホーツク海で寒中水泳をするのを常としていたが、八十四歳の高齢なので、現在はまわりの者が押しとどめているという。早期の体操会に、国鉄総裁になった加賀山之雄《ゆきお》氏も参加していて親しくなり、その関係から国鉄はフリーパスで全国行脚《あんぎや》をつづけてきたという。

「及川さんは、人柄が実によくてね。絵になる人ですよ」

平塚氏は、及川氏の後援者に多くの著名人がいることも口にした。

道を進むと、四つ角に出る。右手に七面坂があり、弧をえがいたその細い坂も戦前と変りはない。坂の右側に柏木流の踊りの師匠の家があって、七歳で病死した姉がお稽古をうけに通い、幼い私は、道に面した窓格子につかまって姉が踊るのを見つめていた。同じ師匠について年少の姉を可愛がってくれた少女が、現在、講談社の会長服部敏幸氏夫人になっているのを、最近になって知った。坂の左手には洋画家の中川紀元、満谷国四郎氏の家があった。参拝道を曲らずに進むと、彫刻家朝倉文夫氏の邸が朝倉彫塑館として遺《のこ》っている。

四つ角を日暮里駅の方向に曲ると、右側に谷中せんべい、左側に佃煮を売る中野屋がある。共に震災後から営業をつづけてきた店で、谷中せんべいは時折り口にするので、今回は中野屋の佃煮を買うことにした。平塚氏が絶賛したからだが、たしかに帰宅して口にしてみると、これこそ佃煮という戦前通りの味で、茶漬にすると殊にうまい。日暮里の名物ここにあり、という思いであった。

さらに日暮里駅寄りに、大正四年に店をひらいた日暮《ひぐらし》という和菓子屋がある。この店があった場所には、作家の田村俊子氏の住んでいた家があった。その家の前の道を入ると、田村氏の師でもあった文豪幸田露伴氏や日本画家の木村武山氏が住んでいた。

御殿坂をくだって日暮里駅の陸橋の石段をおり、駅前の道を左に歩いて、横山浅次郎氏の営む乾物屋に立寄った。氏の家は、祖父の代まで日暮里有数の大地主であったが、祖父が諏方神社の祭礼に根岸の芸者を総あげし、手古舞の衣裳をつけさせて町を練り歩かせたことで、家産を散じてしまったという逸話が残っている。氏は十五代目だ。

氏は、戦死した私の四兄と小学校時代の同級生で、兄が入営前まで親しく交っていた。兄の名は敬吾で、氏はケイちゃんと言って兄のことをなつかしそうに回想する。氏は現在六十五歳だが、二十三歳で死んだ兄も生きていたら、氏のように頭髪も白くなっているのか、と思った。

私は、兄と親しくしていた女性がいたことを知っていたので、そのことについてたずねてみると、氏は、ためらいがちに兄と女性のことを話してくれた。その女《ひと》と肉体関係もあったのだろうと想像していたが、氏の言葉はそれを裏づけるもので、若くして戦死した兄のことを思うと、むしろ救われた思いであった。

氏が、店の裏から紙の貼られた戸板ほどの大きさの板を持ってきた。戦前の町の家並が、記憶をたよりに記入されている。駅前の広場に面した家並の図に、私の胸にも記憶がよみがえった。果物、煙草、靴、綿、金物、餅菓子をそれぞれ商う店の間に凧《たこ》専門店があるのが面白い。たしかに凧を売っていた小さな店があって、店頭に凧糸の束がいくつも吊りさげられていたのを思い出した。

氏の家を出て駅前をすぎ、根岸にむかう道を進んで善性寺の手前の道を左に入った。中学生時代から空襲時まで住んでいた所なのだが、何度行ってみても家のあった場所がわからない。善性寺の裏手を走る広い道路に吸収されたとしか思えず、私は、トラックや乗用車の往き交う路面をぼんやりとながめた。

善性寺と羽二重団子の向き合う道を歩き、根岸に入って、露地を右に曲る。戦前、近くに俳人正岡子規の住んでいた家があることを耳にしてはいたが所在は知らず、戦後も足をむけたことはない。露地の両側には連れ込みホテルが並んでいた。

その一つの入口で、水を流して掃除をしている女従業員に子規庵をたずねたが、知らない、と言う。が、庵は十数メートル歩いた所にあった。

文化財としての説明を記した板が立っていて、それによると戦災で焼けたが復元したという。子規は明治二十七年二月にこの地に住み、三十五年九月十九日に死去したとある。

庵の前をはなれ、根岸の柳通りで昼食をとり、坂本の通りに出る。左へ行くと三ノ輪《みわ》、右に行くと上野方向に通じる。その通りには、戦前からある提灯屋、蠟燭《ろうそく》屋、東京染めの染物店などが戦災にもあわず現存していた。それらの店が眼になじんでいるのは、軽演劇、映画を観に浅草まで歩いてゆく途中にあったからである。

タクシーを拾い、浅草へ行く。国際劇場は閉鎖され、その跡地にホテルの建築工事がおこなわれていた。

その前で下車し、浅草六区の映画街に入る。角を右に曲った所に、戦前には、二流映画会社であった大都映画の専門封切館だった大都劇場があった。阿部九州男、琴糸路、杉山昌三九らが主演する映画を上映していて、客席が朱色のシートの綺麗

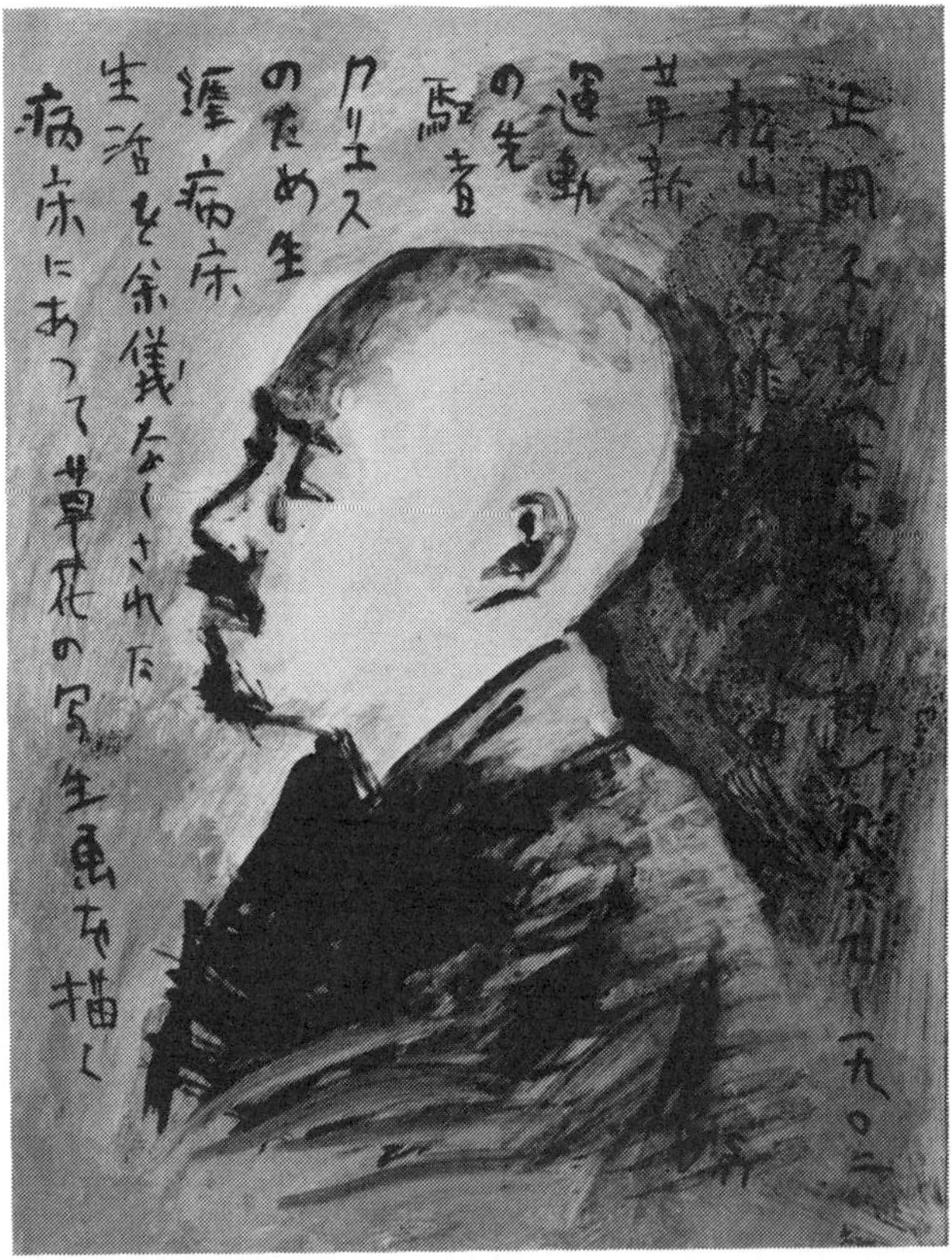
革新
運動
の先
駆者
カリエス
のため生
涯病床
生活を余儀なくされ下
病床にあって草花の写生画を描く

な館だった。他の映画館がトーキー映画を上映していた頃でも、まだ無声映画を上映し、弁士が口演していた。

道を進むと、右側に花月劇場が残っているが、工事中であった。川田義雄、益田喜頓、芝利英、坊屋三郎の「あきれたぼういず」や柳家三亀松が出演し、シミキンこと清水金一の「新生喜劇座」が軽喜劇で人気を博していた。私が最も通ったのは、この劇場だった。

その前を過ぎると、右角に東京の映画館を代表する一つであった洋画封切館の大勝館の建物があるが、ポルノ洋画の映画館とゲームセンターなどになっている。

さらに歩いてゆくと左手に洋画専門館の東京倶楽部、古川緑波ひきいる「笑の王国」が旗上げした常盤座が浅草トキワ座となっていて、寿司屋横丁入口の日本館も現存している。

私は、歩いてきた映画街を振返った。幟《のぼり》が立ち並び呼びこみの声が絶え間なかったその街は、ただ路面のある閑散とした地になっている。江川劇場、遊楽館、万成座、三友館、千代田館、電気館、金竜館、金車亭、富士館、帝国館などはすべて消えている。エノケン一座が旗上げをし、淡谷のり子が「雨のブルース」を歌った松竹座も、家具置場になり、それも廃されるらしい。閉鎖された松竹演芸場の取りこわし工事がおこなわれていて、丸い鉄板の看板がはずされていた。私はガスバーナーの散る火花を見つめた。

国際通りに出た私は、或る画材店をたずねてみようと思い立ち、タクシーに乗った。

その画材店は、少年時代、しばしば眼にし、忘れがたいものになっている。家から上野公園にゆくには、谷中墓地を通り、言問《こととい》通りを横切って東京美術学校へ通じる細い道をぬける。その道の左側に画材店があった。和風の仕舞屋が並ぶ中に、異国風の画材店がひどく印象的で、通るたびに店の中に視線を走らせた。絵の具以外に額、画架などが置かれ、時には画家らしい老齢の人が店の人と話をしているのを眼にしたこともあった。

十日ほど前、大阪で一泊した私は、夜、過去に三度行ったことのある「くーる」というバーに足をむけた。親しい編集者T氏の従妹が経営しているバーで、大阪在住の作家や大学教授がよく姿をみせるらしい。その夜も美学関係の教授が連れの人と入ってきたが、私の隣りに坐った人と言葉を交すうちに、大学時代顔見知りであった大河内菊雄氏であることを知って驚いた。三十年ぶりの邂逅《かいこう》であった。氏の父君は洋画家の故大河内信敬氏、妹さんは俳優の河内桃子さんで、美術学校に近い谷中にある瀟洒《しょうしゃ》な洋館に住んでいた。

私は、氏と話を交しているうちに細い道にあった画材店のことを口にし、それが浅尾払雲堂で、現在も営業していることを知った。

氏の話が頭にうかび、その画材店を見てみたくなったのである。

タクシーが旧美術学校前をすぎ、突き当りでとまった。

私は、谷中墓地へ通じる細い道に四十年ぶりに足をふみ入れた。道は当時のままで、変っていると言えば一方通行の道を車がひんぱんに通っていることであった。

画材店の建物は、当然のことながらすっかり古びていたが、記憶通りの場所にあった。恐るおそる眼をむけて通った少年の頃のことが、鮮明にうかび上った。

思いきって店に入り、若い人に話しかけると、年輩の店主が出てきて、隣接した事務室に案内してくれた。店の建物は明治末期に建てられたもので、震災後、その建物を買って画材店をひらき、現在に至っているという。

「この近くには画家、彫刻家が多く住んでおられましてね」

と言って、店主は大きな紙を持ってきた。そこには、谷中、日暮里の略図にそれらの人の住んでいた家が記入されていた。私の知っている名だけでも、洋画家で小磯良平、大河内信敬、野間仁根、布施信太郎、田代光氏、日本画で児玉希望、岩田正巳、望月春江、池上秀畝、彫刻家木内克、平櫛田中《ひらぐしでんちゅう》、藤川勇造氏ら。その他、作家の川端康成、宇野浩二、岸田国士氏、詩人のサトウハチロー氏らの名もある。むろん、画家たちの画材は、その店で斡旋《あっせん》していた。

動物園に近いので、昭和十一年の黒ヒョウ脱走事件についてきくと、近くの病院の院長浜野太吉氏が、猟を趣味にしていたので猟銃を手に出掛けたという。マンホールの中にひそんでいた黒ヒョウを、動物園の人が追いつめて檻に入れた方法も話してくれた。

日没がせまっていて、画材店を辞した。

私は、上野広小路に足を向けた。

中学生時代、放課後、画材店の前の道をすぎて上野公園をぬけ、広小路に行った。上野の山からおりた右側に上野日活があり、そこでも映画を観たが、足をむけたのは寄席の鈴本だった。畳敷きの客席が椅子席になってからは数回入っただけで、今では前を通るだけになっている。老舗《しにせ》「酒悦」には、今でも立ち寄って福神漬を買う。四つ角を横切って右の家並に入ると、同じ露地に落語家の桂文楽、古今亭今輔師匠の家があって、大学の古典落語研究会の出演依頼で数度おたずねしたことがある。

母に連れられて、御徒町《おかちまち》駅で降り、百貨店の松坂屋へ買物によく行った。数年前に入ってみると、むろん店内は改装されていたが、エレベーターだけが戦前と同じであるのになつかしさをおぼえた。母は、松坂屋を出ると、広小路を上野駅まで買物をしながら歩くのを習わしにしていた。必ず立寄るのが、永藤パンであった。駄菓子を口にして疫痢《えきり》などになることを恐れた母が、衛生的に少しの不安もない永藤の洋菓子を買って私と弟にあたえるのである。永藤の代表的な菓子は、卵パンであった。

私は、今でもあるその店の前でタクシーから降りた。永藤がナガフジになっている。

店に入った私の眼に、透明な袋に入った卵パンが映った。形も色も変らず、色艶が戦前のものより増し、うまさも加わっているらしい。買おうか、と思ったが、やめにした。息子も娘もすでに社会人になっていて、喜んで食べる年齢ではない。私にしても、それは子供の頃の美味な菓子として記憶の中にとどめておきたい気持であった。

店内には、洋菓子以外に食パン、フランスパンなどさまざまなパンが陳列されていた。ドイツパンの前に置かれた皿に、それを薄く切ったものが味見用にのせられている。私は、そうしたものを口にしたことはないが、子供の頃なじんだ店ということもあって自然に手をのばし、一片をつまんで口に入れた。

味が良く、買って帰ろうか、と思ったが、編集者と酒を飲む予定があり、パンをかかえて夜の街を歩くのも妙なので、いずれ、また、と思い直した。

私は、再び卵パンに眼をむけながら人の往き交う歩道に出た。

文庫版のためのあとがき

この長篇エッセイは、冒頭に書いたように編集者の強いすすめによって筆をとったものである。「オール讀物」に連載したのだが、一冊の本にまとまるまで書きつづけられるとは思ってもいなかった。

しかし、書き進むうちに、つぎつぎに記憶がよみがえって、それらを書いているうちに単行本に必要な分量に達していた。私としては、珍しい体験である。

連載中、読者からいただいた手紙が驚くほど多かったのは、予想外のことであった。それも、戦前に東京の下町で暮したことのある人に限らず、全国各地の方からであった。

それらの方たちの感想は、「なつかしい」、「たしかにそんな生活だった」ということで一致していた。

また、若い人からの手紙がかなりあったことも意外であった。親からきいていた戦前の生活が、具体的によくわかった、という内容で、現在の生活と対比して興味深かったという。

考えてみると、日本人の生活は、大ざっぱに言って明治以後、昭和三十年頃まで基本的な変化は余りなかったように思う。

たとえば蚊帳。それは、戦後しばらくたった頃まで、なくてはならぬ夏の生活必需品で、幼児は、ホロ蚊帳の中で昼寝をした。これは、若い人も記憶しているはずだ。

しかし、昭和三十年代から蚊帳は、急速に姿を消し、今では眼にすることもできない。殺虫用の噴霧器が出廻ったこともあるが、網戸の普及によるものだ、と言っていいだろう。

また、これと時を同じくして便所にも変化があった。古くからみられた汲取り式のものが水洗式に変っている。

生活様式は、これらの例をみるまでもなく昭和三十年代で大きな変革をとげている。

評論家の故安田武氏は、私のこの長篇エッセイを生活、習俗史の貴重な文献である、と、書評で過分な評価をして下さったが、私は、ただ記憶をたどって書いたことだけのことで、結果としてそのようなものになったのだろう。

とかく、過去は美化されがちである。

下町ブームとかで、すべてが良き時代の生活であったかのごとく言われているが、果してそうであったろうか。たしかに良きものがありはしたが、逆な面も多々あった。

そうしたことを、私は自分の眼で見、耳できいたまま書くことにつとめたつもりである。

このエッセイを書き終えた時、私は、記憶のすべてをしぼり出し、これ以上、書くことはなにもない、と思った。

ところが、日がたつにつれて、新たな記憶が、再び走馬燈がゆるやかにまわりはじめたようによみがえり、夜、寝床に横たわって思い出を繰りながら眠りに入る。

このエッセイをお読みいただいた方が、私と同じように自らの過ぎ去った日の生活史を形づくるよすがにしていただければ幸いである。

永田力氏が絶妙な挿絵を添えて下さったが、それは私の描いた世界そのもので、感謝のほかはない。

一九八八年一二月

初出掲載誌　「オール讀物」昭和58年9月号～昭和60年2月号連載
単行本　昭和60年7月文藝春秋刊
本書は平成元年1月に刊行された文庫の新装版です。

文春文庫

東《とう》京《きよう》の下《した》町《まち》

定価はカバーに
表示してあります

2017年3月10日　新装版第1刷
2018年6月25日　第2刷

著　者　吉《よし》村《むら》昭《あきら》
繪　　　永《なが》田《た》力《りき》
発行者　飯窪成幸
発行所　株式会社 文藝春秋

東京都千代田区紀尾井町3-23　〒102-8008
TEL 03・3265・1211㈹
文藝春秋ホームページ　http://www.bunshun.co.jp

落丁、乱丁本は、お手数ですが小社製作部宛お送り下さい。送料小社負担でお取替致します。

印刷製本・凸版印刷

Printed in Japan
ISBN978-4-16-790823-2

（　）内は解説者。品切の節はご容赦下さい。

吉村　昭
遠い幻影
戦死した兄の思い出を辿るうち、胸に呼び起こされた不幸な事故の記憶。あれは本当にあったことなのか。過去からのメッセージを描いた表題作を含む、滋味深い十二の短篇集。（川西政明）
よ-1-36

吉村　昭
歴史の影絵
江戸の漂流民の苦闘、シーボルトの娘・イネの出生の秘密、沈没した潜水艦乗組員たちの最期。史実に現れる日本人の美しさに触れつつ歴史の〝実像〟を追う発見に満ちた旅。（渡辺洋二）
よ-1-39

吉村　昭
三陸海岸大津波
明治二十九年、昭和八年、昭和三十五年。三陸沿岸は三たび大津波に襲われ、人々に悲劇をもたらした。前兆、被害、救援の様子を、体験者の貴重な証言をもとに再現した震撼の書。（髙山文彦）
よ-1-40

吉村　昭
関東大震災
一九二三年九月一日、正午の激震によって京浜地帯は一瞬にして地獄となった。朝鮮人虐殺などの陰惨な事件によって悲劇は増幅される。未曾有のパニックを克明に再現した問題作。

よ-1-41

吉村　昭
海の祭礼
ペリー来航の五年も前に、鎖国中の日本に憧れて単身ボートで上陸したアメリカ人と、通詞・森山の交流を通して、日本が開国に至る意外な史実を描いた長篇歴史小説。（曾根博義）
よ-1-42

吉村　昭
海軍乙事件
昭和十九年、フィリピン海域で連合艦隊司令長官、参謀長らの乗った飛行艇が遭難した。敵ゲリラの捕虜となった参謀長が所持していた機密書類の行方は？　戦史の謎に挑む。（森　史朗）
よ-1-45

吉村　昭
ひとり旅
終戦の年、空襲で避難した谷中墓地で見た空の情景、小説家を目指す少年の手紙、漂流記の魅力について——事実こそ小説であるという著者の創作姿勢が全篇にみなぎる、珠玉のエッセイ。

よ-1-47